형태를 찾아서

형태를 찾아서

아름다움의 발견 그리고 창조를 위한 기록

崔鍾泰

열화당

책머리에

내가 미술대학 재학시절에 가장 힘겨웠던 것은 예술가들은 무슨 생각을 하고 있으며 형태는 왜 그렇게 만들어지는 것인가 하는 문제였다. 큰 예술가들도 보통사람들이 생각하고 있는 것을 다 생각하고 있었고, 또 지나간 시대의 거장들을 통해서 모든것을 배워 익힌다는 것을 나중에서야 알았다.

나이 들면서 가끔씩 글을 쓰게 되었다. 나는 되도록 솔직하게 마음속의 움직임을 기술하고자 마음먹었다. 비록 모자라고 틀린 이야기가 되었다 하더라도 진실을 기록하고 싶었다.

조각이란 무엇이며 왜 해야 하며 어떻게 만들 것인가. 이것이 나의 첫번째 과제였다. 나는 친구들과 선배들과 스승들을 통해서 그것을 찾아나섰다. 그러다가 세월이 흘러서 세계미술의 큰 역사와도 만날 수가 있었다. 사람이란 무엇이며 어떻게 살아야 할 것인가. 이것이 그 다음에 뒤따라 닥친 문제였다. 인간의 정신활동에 관한 여러 분야의 총체적인 검토가 필요하였다. 물어도 물어도 알 수가 없었다. 그 물음들이 아직 풀리지 않았는데, 나는 지금 또 다른 문제에 당면하고 있다. 생명에 대해서, 행복에 대해서, 궁극의 가치에 대해서, 그런 것들인데… 이 참으로 신기하고 알 수 없는 세계에 대한 탐험, 형태를 통해서 그것을 찾으려 하는 것이다. 그 해답을 얼마만큼 얻어낼 수 있을 것인가.

여기 모아진 글들은 오십대의 나이를 살아가는 한 나그네의 일기장 같은 것으로 보아주었으면 싶다.

1990년 5월 최종태

형태를 찾아서 · 차례

제2부 美의 탐색자들, 그 아름다운 예술혼

제3부 나의 스승 金鍾瑛

제 1 부

조형예술에의 헌사

미를 향한 동반자로서의 음악

나의 작업실에는 조그만 라디오가 한 대 있고 일 시작하기 전에 으레 스위치부터 손을 댄다. 나의 하루일과는 그렇게 해서 시작된다. 다이얼은 항상 고정되어 있어서 예의 소리가 흘러나오는데, 음악이 몸에 젖어들어오면 컨디션이 좋은 날이고 적응이 잘 안 되면 불편한 날이다. 그런 날이면 '아, 오늘은 일이 잘 안 풀리겠구나' 하고 생각한다. 나는 꼭 어떤 음악을 듣겠다는 생각 없이 그저 몸을 맡기는 것인데 그래서인지 전축을 가까이하지 않는다. 음질이 좋으면 긴장이 되고 또 판을 돌리면 예정된 음악이 되고 하여 부담스럽다. 마음에 드는 선율이 흘러나오면 볼륨을 높이고 일손을 잠시 쉬기도 하는데, 먼지가 많은 방인데다 흙 묻은 손으로 만지기 때문인지 고장이 잘 나서 탁 때리면 소리가 나고 하여 언젠가는 아이들이 보다 못해 생일선물이라고 새 것을 갖다 놔서 요즘은 깨끗한 소리를 듣고 있다.

몇 해 전 파리에서 전시회를 열고 있을 때의 일이었다. 아랍사람인 사우디의 어떤 신문기자가 인터뷰를 하자고 요청하는 것이었다. 조각에 대해 이런저런 이야기를 하다가 한 가지만 더 묻자 하고 음악 이야기로 이어졌다. 어떤 음악이 좋으냐. 바로크다. 작곡가는? 모짜르트다. 현대음악에까지 접촉이 되었는데 갑자기 재즈는 어떠냐고 묻는 것이었다. 그래서 나는 시끄러워 싫다고 하였더니 그 기자 대소하고 하는 말이 나와 같은 형태의 작업을 하는 사람은 열이면 열 다 그같은 대답을 한다고 하였다.

그러고 보니 그는 나의 입에서 그 말이 나올 것을 기대하고 물은 것이었다. 그래서 금방 친구가 되어, 자기는 아랍 전통음식을 할 수 있는데 내일 초대한다는 것이었다. 그날 저녁 푸짐하게 잘 얻어먹고 살림구경을 하였다. 그는 본시 화가였다. 그래서 우리는 그림 이야기로부터 시작하여 오늘날 비서구권에서 당면한 예술에 있어서의 여러가지 문제에 대해서 논하였다. 동양사람을 만나면 사촌 보는 것 같아서 허물없이 좋다고 그는 즐거워하였다.

국민학교 몇 학년 때인가. 우리반 담임선생이 자기는 음악을 너무 모른다며 풍금 잘 타는 선생에게 음악수업을 대신 맡겼는데, 그분은 항상 발성연습부터 시키고 화음 맞추기 훈련을 많이 하였다. 나는 어쩐지 그분의 수업이 좋았는데 중고등학교에서도 그런 분을 또 만났다. 몇 해 전 숙대에서 정년퇴임하신 구두회 선생이었다. 용케도 그분한테서 오년간을 배우게 되었는데 어찌나 열성이었던지 졸업 무렵에는 어지간한 악보는 다들 읽어낼 수 있을 만큼 내용에 철저하였다. 병사의 합창, 푸른 도나우, 자작곡 첩첩산으로 가자… 등 많은 합창 훈련까지 시켰다. 그 시절 나는 합창반도 가 보고 밴드반도 가 보고 하였지만 전공으로까지는 연결되지 못하였다. 그때 이미 나는 문학과 그림에 열을 올리고 있을 때였고, 적성으로까지는 모자랐던 것으로 생각되는데 아무튼 음악시간이 꽤나 좋았던 것만은 사실이다. 소리 알아맞추기, 받아쓰기 등은 반에서 둘째가라면 서운하다 할 만큼 노래 잘하는 친구보다 항상 내가 먼저였다.

내가 대학을 다닐 무렵, 서울은 음악감상 붐이 일었다. 환도 후의 서울은 폐허롭고 사람들은 모두 다방으로 몰려나와 살았는데 돌체 · 르네상스 · 쇼팽 등 엔간히들 몰려 다녔다. 차 한잔 값이 없어서 절절 매면서도 하인두 · 이남규 · 이민희 등과 다방에 앉아 있는 시간이 그렇게도 즐거웠다. 그 무렵 친구들 사이에서 홍난파의 노래를 간간이 들을 수가 있었는데 군가 소리에 익숙한 우리들 귀에는 홍난파의 노래가 매우 인상적이고 정이 가는 것이었다.

그후 훨씬 세월이 흘러서 60년대말쯤 윤용하의 '보리밭'을 들을 수가 있었다. 어찌나 신선하고 좋은지 나는 집에서고 대폿집에서고 늘상 '보리밭'을 불렀다. 한때 집사람이 벽을 보리밭 색깔로 도배를 하였을 정도니 말이다. 그래서 윤용하를 알게 되고 이봉구의 소설을 읽은 것도 그 무렵이 아니었던가 싶다. 1970년 국전에서 나는 추천작가상을 받았는데 그 작품의 색깔이 누런 황등색 보리밭 빛이었다. 〈핀란디아〉 〈나의 조국〉 〈1812년 서곡〉 〈코리아 환상곡〉 등 민족주의 색깔이 있는 음악이 흘러나올 적에는 지금도 특별난 감회에 젖는다.

보리밭이 좋아서 그후로도 윤용하 이야기를 많이 하게 되었는데 한번은 희한한 일도 있었다. 1979년 가을에 알게 된 신부가 있는데 성도 같고 나이도 같고 생일도 똑같아 따져보니 내가 좀 늦게 태어난 것 같아서 동생이 되고 자주 만나게 되었다. 어느날 어쩌다가 윤용하 이야기가 나왔다. 소설에 서술된 그의 마지막 장면을 보면 신부가 단칸방을 찾아가서 고해성사를 마치고 "그래 어떠시오" 하고 물으니 "나는 열심

히 살았고 후회없노라"고 답하였다는데, 그 신부가 누구인지 늘 궁금하였다. 그런데 이야기를 하다 보니 지금 나와 마주하고 있는 최신부가 바로 그때의 고해신부가 아닌가. 세상이 참 좁구나 하고 우리는 일제 식민시대, 해방, 육이오를 지나오는 어두운 시대를 회상하였다. 윤용하는 보리밭을 남겨놓고 그렇게 갔다.

나는 언제부터인지 각 나라의 민속음악에 대해서 특별히 관심을 가지고 있다. 그것은 조형을 탐구하는 과정에서 생기는 민속적 형태에의 관심과 같은 맥락에서다. 고도로 정제된 음악은 그것대로 좋고 또 생활 속에 배어 있는 토속성 짙은 가락에 애정이 가는 것이다. 높은 음악, 낮은 음악이 있는 것인지는 몰라도 나는 그 두 가지 경우를 동시에 즐긴다. 높은 음악성은 낮은 음악성에 뿌리를 내리고 있는 것이 아닌가 싶다.

그럭저럭 음악은 나의 생활 속에서 큰 벗으로 자리하게 되고 혼자 있어도 외롭지가 않다. 조형예술과 음악예술은 별로 다른 것 같지가 않다. 방법이 다를 뿐이지 그 지향하고 있는 바는 같다고 생각한다. 유형과 무형의 차가 아닐까.

음악의 여러 장르 중에서 내가 적응하기에 어려웠던 것은 피아노였다. 그런데 흔히들 하는 것처럼 우리집 딸애가 국민학교 다닐 때 피아노를 가르쳤는데 맨날같이 반복하여 몇 시간씩 두들겨 처음에는 시끄럽더니 차츰 그 조직과 음감을 이해하게 되었다. 나는 곡명을 익히는 데에는 소질이 없어서 알려고도 하지 않는다. 그런데 베토벤의 피아노 무슨 곡이 좋고 특히 모짜르트의 두 곡이 있는데 그 곡이 나오면 우리집 라디오는 최고의 볼륨을 자랑한다. 왠지 눈물이 난다. 그 연유를 나는 알지 못한다. 무엇이 나의 심금을 울리는가, 선율인가, 높은 질서인가, 감정인가, 나의 심장의 박동과의 조화에선가, 이름하여 아름다움이 나를 감동시키는 것인가.

'음악에…'라는 곡명을 들은 기억이 있다. 나는 그것이 누구의 곡인지도 모르고 그 멜로디를 한 구절도 기억하지 못한다. 가끔 왜 그 사람이 그런 명제를 붙였나 하고 생각한다. 음악이 좋아서, 음악을 너무나도 사랑해서인가. 음악을 있게 한 신(神)에게 감사하는 마음에서, 감사의 표시로 그랬잖을까. 나는 조각을 하면서 가끔 그런 생각이 날 때가 있다. 조각이란 너무도 좋은 것이다. 이렇게 좋은 것을 할 수 있게 한 신에게 감사하고 싶은 것이다. 오묘한 질서의 세계에 접할 수 있게 한 고마움, 신이 인간에게 준 가장 고귀한 선물, 예술이란 거기에 응답하는 것. 나는 조각을 만들면서 컨디션이 좋을 때면 '조각에…'라는 조각을 하고 싶다는 생각을 한다. 속(俗)의 때가 끝까지 벗겨진 최후의 상태, 그리하여 형태가 없어질 직전의 상태. 그 마지막 있음의 형태를 만들어서 신에게 바치고 싶다는 생각을 한다. 동트는 아침, 그 찬란한 아침 같은 형태를 만들어서 신에게 바치고 싶다는 생각을 한다.

루빈슈타인이 만년에 눈이 멀어서 연주활동을 중단했는데 기자가 소감을 물었을 때 그는 이렇게 대답하였다. “하느님이 늦게나마 나에게 들을 수 있는 기회를 주셨으니 얼마나 고마운 일인가.” 카잘스가 외국에서 연주할 때 무대에서 했다는 말이다. “나의 조국에서는 새들이 피스 피스(평화) 하고 운다.” 경우에 따라서 서로 말은 달랐지만 그들의 내면의 상태는 무언가 같은 것이 아니었을까.

나는 음악을 들으면서 그 작곡가나 연주자들의 심중의 상태를 생각한다. 그들의 심중에는 어떤 무형의 경지가 있고 거기에 표현을 접근시키려고 애쓴다. 나는 늘 궁금한 것이 있는데 천재들의 심중의 상태는 어떤 것일까 하는 것이다. 나는 그것이 무엇인지는 모르지만 경륜이 높아질수록 그 심중의 세계가 넓고 깊어질 것으로 생각한다. 인간의 언어는 한계가 있어서 그것을 설명하기가 불가능할 것 같다. 그것을 표현하는 데는 상징적 매개체가 보다 적절할 것 같다. 그래서 시(詩)가 있고 음악이 있고 그림이 있는 것이 아닐까.

나는 최근 인도를 여행할 기회가 있었는데 아그라의 타지 마할을 본 인상은 감격, 그것이었다. 청보라빛 짙은 하늘에는 구름 한점 다니지 않고 하이얀 대리석으로 빛나는 타지 마할은 눈덮인 히말라야를 볼 때처럼 신선하였다. 그것은 예술이라는 단어로는 어울리지 않는 절대의 상징으로 보였다. 그것은 건축도 아니고 조각도 아니고 시도 아니고 음악도 아니고 그 모든 인간적인 경지를 초월하여 언어가 닿지 않는 곳에 그냥 거기 있는 것. 오직 아름다움으로 화신하고 있었다. 아! 아름다와라 타지 마할. 저거야말로 신의 현현(顯現)이 아닌가. 아침이슬같이 맑고, 봄풀처럼 푸르디 푸른, 한떨기 백합 같고, 춤추는 흰나비, 소리가 절한 그 뒤에 있는 대합창. 그 장엄함은 베토벤 같고, 그 높은 균제는 바하와 같고, 그 순결한 선율은 모짜르트와 같고, 그 청초함, 그 정교함, 그 이성성, 그 환상성은 어디에다 비하랴.

나는 풀밭에 앉아서 한동안 생각하였다. 사르나트 박물관에는 인도 불교조각의 정수들이 있는데 그리스 조각과의 절충성을 뛰어넘지 못한 허전함이 있었고, 카주라호의 조각사원들은 외래문화를 배격한 데다가 힌두사상을 너무 앞세워서 조형의 순결함이 가려져 있다. 여기 저 수많은 인파가 연중 줄을 잇는데 저들은 미(美)를 참배하는 사람들, 미의 순례자들이다. 타지 마할을 만든 사람은 왕비의 묘를 만든 게 아니라

신을 찬양하는 헌사를 만든 것이다. 나는 그동안 세계의 걸작들을 꽤나 접해 보았지만 저렇게 위대하고 경탄스러운 예술을 본 적이 없다. 타지 마할은 예술이라는 이름이 어울리지 않는다. 히말라야는 하느님의 걸작품이고 타지 마할은 인공의 위대한 걸작품이었다. 희대의 걸작품을 접할 수 있다는 것은 경사가 아닐 수 없다. 봉덕사 종소리를 처음 들었을 때도 그렇게 감동적이었다. 저 소리야말로 최상의 음악이 아니냐. 아테네에서 아크로폴리스 돌기둥 밑을 돌면서 나는 그 순결한 아름다움에 감격하였다. 서울 국립박물관에 있는 금동미륵반가상을 볼 때도 그 형언하기 어려운 오묘함에 경배하였다. 예술은 어디서부터 어디까지인가.

나는 언젠가 조각예술에 바치는 나의 헌사로서의 조각을 만들 수 있기를 바란다. 나는 꽃을 사랑하고 풀들을 사랑하고 나무를 사랑하고 모든 아름다운 것들을 사랑한다. 그리고 훌륭한 일을 한 사람들을 존경한다. 큰 일을 한 사람들은 많은 생각을 한 사람들이고 그것을 질서잡아낸 사람들이고 그래서 안심하고 믿을 수 있다. 아름다움을 이룩하고자 향해 가는 이 길가에서 음악은 가장 친근한 동반자로서의 나의 이웃이다.

나의 삶, 나의 행복

나의 스승이신 김종영 선생은 생전에 진담을 농담같이 잘하셨다. 한번은 "쓸데없는 일에 열중하는 사람이 중요하다"고 말씀하셨다. 그래서 좌중이 한바탕 웃었는데 그뒤 곰곰 생각해 보니 의미심장한 말씀이었다. 선생이 작고하시고 그의 유고들을 정리하는 과정에서 보니 그 이야기를 글로 적어 놓은 것이 있었다.

"동서고금을 다 보라. 위대한 업적을 남긴 사람들은 모두가 쓸데없는 일에 일생을 다 바친 사람이다." 사람들은 쓸데없는 일을 찾아서 일생이 바쁜 것인데 어찌 그것을 역행하자는 말인가. 어쨌든 그 말씀에서 나는 지금도 큰 위안을 얻고 있다.

얼마 전 어느 수녀원 수녀님들이 만나자는 전갈이 있었다. 거기를 가야 옳은지 안 가야 옳은지를 한참 생각하다가 그분들은 나보다도 훨씬 쓸데없는 일에 열중하고 있다는 생각이 들어서 만나야 옳겠다고 결정했었다. 나보다 쓸데없는 일을 더 하고 있는 분들을 존중해야 될 어떤 의무감 같은 것이 작용하는 것이었다. 또 며칠 전에는 시인 구상 선생의 책을 얻어서 펼쳐 들었더니 그 서문에 이런 이야기가 있었다.

어떤 시낭송회에서 한 시인이 자작시를 낭송했다. 내용인즉 이런 것이었다. 남해 고도에 가서 민박을 했는데 집주인이 수달잡는 이야기를 어찌나 재미나게 하는지 "그래 그동안 몇 마리나 잡으셨소"라고 물었다. 집주인은 "여지껏 한 마리도 잡지 못하였소"라고 대답했다.

나는 쓴웃음을 삼키면서 세상에 나와 같은 사람이 또 한 사람 있었구나 하고 안도하였다. 나는 삼십여년간 조각을 한답시고 꽤나 열심히 덤벼들었다고 생각하고 있었는데 실은 여지껏 단 한 개의 진짜 조각이란 것을 못하고 있다. 그 시인은 민박집 주인 이야기를 하고 있는 게 아니라 바로 자신의 이야기를 하고 있었으며 그것은 또 나의 이야기이기도 하였다.

어떤 신부님을 만났을 때의 일이다. 마침 그날은 옆에 아무도 없고 해서 신부님을 만난 뒤 나는 "실은 내가 하느님에 대해서 수십년간 생각해 보았지만 모르겠습니다" 라고 말했다. 그리고 나서 나 몰라라 하고 앉아 있는데 그 신부님 답변이 "난들 어떻게 알아" 하는 것이 아닌가. 나는 너무도 놀라서 그뒤 이삼년간 아무한테도 그 말을 못하고 있다가 하루는 철학하시는 박갑성 선생을 만나서 털어 놓았다. 그랬더니 그분 말씀이 둘 다 맞는 말이라는 것이었다. 나는 또 한번 놀랐다. 지금껏 나는 그 말씀을 앎의 차원이 아니잖느냐는 뜻으로 새기고 있다.

나는 아직 조각이 무엇인지 알지를 못한다. 그렇지만 무척이나 재미나는 일인 것만은 분명하다. 분수껏만 일하고 더 욕심부려도 안 된다는 것을 알기 때문에 크게 속썩일 것도 없다. 어지러운 것을 능력껏 가라앉히고 얽힌 것을 한가닥씩 풀어 나가는 재미, 혼돈에서 질서로 수없이 되풀이하는 것, 그래서 한치라도 보다 질서 쪽으로 접근하려는 의지, 가도 가도 끝이 없다는 것을 알면서도 그래도 갈 때까지 가보는 수밖에 없는 것이 내 숙명이 아닐까 싶다.

한번은 학교사무실에서 이런 농담을 한 적이 있었다. "놀고 있어도 즐거울 수 있으면 얼마나 좋을까."

피카소는 이런 말을 하였다. "붓을 들기는 하시라도 좋은데 붓을 놓기가 어렵다." 내일 일하기 위해서는 잠을 자야 한다는 말이 아닐까 싶다.

"내면의 소리에 귀를 기울이시오." 이것은 카잘스의 말인데 행복을 찾는 문제에 대한 답이었다.

"지워도 지워도 다시 살아남는 비순수여! 사탄아, 물러가라!" 이것은 사십대 고뇌의 시절, 그때의 나의 절규였다. 공자 같은 위대한 인물도 칠십이 되어서야 자유로울 수가 있었다는데 나 같은 사람은 자유의 뜻을 모르고 싸움판에서 살다 갈 것이 아닌가. 그 생각을 하면 섭섭하기 그지없다. 마음의 평정, 깨끗함의 성취, 고독으로부터의 해방, 이것을 어찌 다 풀어내랴.

살다 보면 별별 일도 다 생기는데 어릴 때 할머니로부터 '내 살아온 것을 글로 쓰면 책이 열두 권'이라는 말을 여러번 들은 것 같다. 나도 이제 나이가 들었는지 그런 생각을 가끔 하게 된다. 길지도 않은 인생인데 웬 사연이 그리도 많은지. 그야말로 책으로 열두 권감이다. 그런데 위대한 그림을 그린 사람들은 그런 것을 다 겪었으리라고 짐작된다. 세상만사 인생살이 어디서나 다 똑같을진대 건너뛰고 쉽게 간 사람들이란 있을 성싶지가 않다.

한번은 참 기이한 일이 있었다. 한순간에 내가 나를 본 것이었다. 내가 살아온 전체와 나의 현재의 모습이 명료하게 거기 있는 것이었다. 분명한 것은 백지에 점 하나도 찍지 못한, 그렇게 완전히 무(無)였다는 사실이었다. 모든것은 내 잘못이었고 아무것도 이룩된 것이란 없었다. 그런데 더욱 신기한 것은 부끄럽지도 않고 공포는 더욱 아니고 고독이라는 것도 없었다. 오직 기쁨만이 있었다. 순간의 환상이겠지만 나의 전부를 볼 수 있었다는 것은 참으로 감사한 일이 아닐 수 없었다. 그뒤 나는 주판을 털고 다시 둘 때처럼 나의 과거를 완전히 털고 재정립하려고 하였다. 그후로 약 두어달 가량은 세상이 어찌나 경이롭고 아름답게 보이는지 마치 죽었다 다시 살아나 새 세상을 보는 것 같았다.

환경대학원 교수인 김형국 씨의 '아들의 아버지'라는 글을 읽고 크게 감동한 일이 있다. 세상눈으로 볼 때 집안의 부끄럼이라 할 수 있는 여러 자질구레한 이야기를 소상히 적은 것인데 장한 일이라고 생각하였다. 그 김교수가 연전에 내가 화집을 만들 때 날 보고 자전적 연보를 좀 자상하게 써 보라고 하였다. 그러길래 나는 죄가 많아서 언젠가 참회록을 써야 할 사람인데 지금은 실력이 없다고 농담으로 대답한 적이 있다. 다 털면 좀 자유로울 수가 있을 것 같지만 내 어디서 그런 힘이 생기랴. 거기에다 저 큰 세상빚은 언제 다 갚으랴. 그림 그린다는 것이 세상빚 갚는 한 방편이라고 생각되기도 한다.

젊어서 한때 나는 이런 말을 하였다. 나에게 시간과 돈과 사랑을 달라. 대폿집에서 부린 객기였는데 지금 생각해 보면 심각할 것 하나 없는 문제였다. 그것만 있으면 내가 무언가 일을 할 것이라고 생각했었던 것 같다. 그런데 지금에서야 시간이란 것은 항상 거기 있었고, 여적 굶어 죽지 않고 살아 왔으며, 사랑이란 것은 내가 찾는 것이지 공짜로 얻어지는 것이 아니라고 생각되는 것이다. 투정한다는 것은 부질없는 것이다. 천주교회에서는 미사 때마다 "내 탓이요, 내 탓이요, 내 큰 탓이로소이다"하고 가슴을 세 번 친다. 공염불도 의미가 있는 것인지는 모르지만 이제는 건성으로 사는 것이 그럭저럭 몸에 배어 있다.

성경책을 보면 극적인 장면들이 많다. 그 중에서도 "누구든지 죄없는 사람이 있거든 나와서 돌로 이여인을 쳐라" 하는 대목이 인상깊다. 정말 신나는 장면이라고 생각한다. 또 다른 한 장면은 예수가 십자가에 높이 매달려 운명하기 직전의 모습이다. 어머니의 고통이야 말할 것도 없지만, 군중틈 어딘가에 막달라 마리아가 서 있었는데 나는 그 여인이 참으로 딱한 심정이었으리라고 생각된다. 세상에서 버림받고 사연도 많은 그 여인. 최근에 연희동 성당 내부를 개수하면서 날 보고 십자가상을 만들라 하기에 왼쪽 팔 밑에는 성모와 요한을, 그리고 오른쪽 팔 밑에는 울고 있는 막달라 마리아를 만들어넣었다. 저녁에 다시 작업실에 내려가서 그 광경을 보고 나는 눈물이 났다. 너무나도 딱한 저 여인, 그 여인이 자꾸만 우리 어머니 같고 나라는 생각이 들기 때문이었다.

그동안 나는 줄곧 사람만 만들어 왔다. 사람 중에서도 여인상, 여인상 중에서도 소녀상만 만들었다. 나는 그림에서도 주로 여인의 얼굴을 그려 왔다. 가끔 정물도 그리고 풍경도 그리지만 인공의 흔적이 없는 데만 찾아서 그렸다. 그러자니 자연 꽃이 좋고 바다가 좋고 하늘이 좋고 그리고 구름들이 좋았다. 나는 이제 굳이 그 의미를 물으려 하지 않는다.

사람을 오래 만들다 보니 좋은 얼굴을 만들고 싶어진다. 그런데 그 좋은 얼굴이라는 것이 정해진 게 없어서 자꾸만 만들게 된다. 내가 본 중에 가장 좋은 얼굴은 석굴암 본존상 뒷벽에 서 있는 보살들이다. 물론 얼굴이 좋았지만 손도 좋고 발도 좋고 옷주름 등등 모두가 좋았다. 나는 요즘도 맨날같이 생각하는 게 좋은 사람을 만들고 싶다는 것이다. 언젠가는 훌륭한 사람을 만들고 싶어질는지는 모르지만…

사람 만드는 조각가 중에 쟈코메티라는 훌륭한 예술가가 있다. 그는 가장 작은 조각을 만들 수 있었던 조각가요, 가느다랗게 인체의 시늉만 한 사람을 만드는 조각가이다. 작년에 미국 동부로부터 서부로 순회하는 그의 대회고전이 있었다. 어떤 평론가가 새로운 해석을 했는데 그의 작품을 일컬어 '20세기의 성상(聖像)'이라 하였다. 그 기사를 보고 나는 정신이 번쩍 났다. 20세기는 성상이 없는 시대였다. 그런데 쟈코메티는 혼자서 성상을 만들고 있었다. 일찌기 사르트르가 그를 평하여 '절대의 탐구자'라 하였다. 그러고 보니 평론가와 사르트르 두 사람의 견해가 일치한 셈이다.

내가 정신이 번쩍 든 것은 나도 친구가 있다, 나도 외롭지 않다 하는 심경의 표출이었으리라. 세상 친구들은 모두가 모던한 일들을 하고 있는데 나만 홀로 외딴 곳에서 사람만 만들고 있는 것에 대해서 참 회의도 많이 했던 터라서 그랬을 것이다. 세상에서 제일 좋은 사람, 사람이란 무엇이며 좋음이란 또 무엇인가. 무엇인가, 무엇인가, 어떻게, 어떻게… 나는 오늘도 계속 묻고 있다.

지금 라디오에서는 모짜르트의 피아노곡 20번이 흘러나오고 있다. 나는 저 자꾸만 반복되는 잔잔한 멜로디가 웬지 그렇게도 좋다. 나는 언젠가 어떤 평론가로부터 "왜 조각을 하시오" 하는 느닷없는 물음을 받은 일이 있었다. 당황한 나머지 "글쎄, 내가 하는 것이 아니라 내 뒤에서 누군가가 시켜서 하는 것 같다" 고 말했다. 며칠 뒤 신문에 '시켜서 한다'는 부제를 달아서 인터뷰 기사를 내 놓은 것을 보았다. 그뒤 여러 해가 지나서 스승 한 분을 만났는데 이 얘기 저 얘기를 하다가 '시켜서 한다'며 하셔서 내 얼굴이 붉어졌던 기억이 새롭다. 누군가가 있어서 나를 시켜서 조각이 된다면 나는 시키는 대로만 하면 될 것이고 그러면 얼마나 좋을까. 모짜르트의 음악은 누가 시켜서 된 것이지, 사람의 힘으로 저럴 수가 있을까, 자주 그런 생각이 든다. 시스티나 성당 안 미켈란젤로 천정벽화를 볼 때도 그렇다.

나는 어려서 시골 산밑 동네에서 살았기 때문에 솔밭 속 또 잡목림 속에서 많이도 놀았다. 그래서인지 지금도 나무들을 볼 때마다 꼭 친구를 만나는 것 같다. 우리 집 마당가에는 모과나무가 한 그루 있다. 금년에는 모과가 너무 많이 열려서 걱정을 많이 하였다. 봄날 소독하는 사람들이 왔는데 떠들어대는 말인즉 "왓다, 맘대로 열려 뻰졌네" 하는 것이었다. 그 남도 사투리가 어찌나 절묘한 표현이었던지 가끔씩 생각이 난다. 저걸 다 놔두면 나무가 견디내지 못할 것 같고 똑같은 놈들이 매달려 있는데 어떻게 솎아 주나 매일같이 걱정이었다. 한데 날이 가면서 하나씩 두개씩 떨어지더니 이제는 있을 만큼만 있고 말하자면 저희들끼리 다 솎아내서 이쁘게 커가고 있다. 자연의 섭리란 참 묘하구나 감탄하면서도 한편으로는 저 섭리라는 것이 참으로 겁나는 것이라고 생각되었다.

모과나무 밑을 지날 때마다 나는 기도한다. "될 수만 있다면 나를 떨궈내지 마시고 저기 남아 있는 모과들처럼 매달려 있게 하여 주소서. 어느 가을날 노오랗게 익거든 그런 날에 당신의 품으로 나를 거두어 주소서"라고.

자유에 이르는 길

지난해 친구가 북경을 다녀와서 당대의 대화가 이가염(李可染) 선생을 만났다는 말을 하길래 근황이 어떻더냐고 물었더니, "화가는 노년을 봐야 하는 건데 요즘 젊은 사람들이 서두른다"는 말씀을 하더라는 이야기를 전해 주었다.

심훈의 소설 『상록수』의 거의 말미에 다음과 같은 짤막한 넉 줄 시가 적혀 있던 것을 기억한다. "우리는 젊고요 / 봄날은 길어도 / 이 밭을 다 매면 / 저물겠네" 사십년 전의 일이라 어느 정도 정확할는지는 모르지만 젊은 부부가 밭을 매면서 노래하는 대목에서였다. 이가염 선생의 그 한마디와 심훈의 시 한 수는 지금 나의 심금을 울리고 있다. 세상은 넓고 생각할 일은 너무도 많다. 그것을 내 어찌 혼자서 다하랴. 그래서 나는 내가 할 수 있는 일만을 가려서 해야겠다고 마음먹는다. 내가 할 일이 무엇인가. 그 일만 해도 한없이 많아서 저물기 전에 다 끝낼 수가 없을 것 같아서이다.

나이 덕이라는 것이 있다. 세상을 좀 떨어져서 본다는 것이다. 마음 같아서는 아주 멀리 떠나 있으면 싶으련만 그것은 내가 소화한 만큼만 떨어질 수가 있는 것이어서 순서껏 사는 수밖에 없는 것인 성싶다. 이것만이 옳고 저것저것은 옳지 않다고 생각하는 데서 갈등이 생겼는데 세상이 간단치가 않다는 것을 차츰 알게 되면서 여러가지를 수용하게 되었다. 세상은 참으로 넓다. 그 속에서 내가 가꾸어야 할 밭도 끝이 없어서 이 밭을 다 매기에 바쁠 것인데 내 어찌 옆엣 일까지를 욕심내랴.

근년에 와서 친구한테 이런 말을 한 적이 있다. "요즘 나는 일을 즐긴다" 했더니, 그 친구 하는 말이 "젊었을 때와는 달라지는 것이 정상이 아니냐" 그랬고, 또 한 친구는 "안이한 길이 아닌지 반성을 해야 할 것이 아닌가" 하였다. 얼마전 사학년 교실에서 나는 거두절미하고 이런 말을 한 적이 있었다. 내가 삼십여년간 조각을 했는데 이제와서 얻게 된 것이란 조각이 무엇이지 모르겠더라, 그것만을 분명하게 말할 수 있게 된 것이라 하였다. 그 학생들이 어떻게 알아들었는지는 몰라도 나로서는 진정

사실이었다. 근년에 서양의 어떤 수도자가 이런 말을 하였다. "내가 여적 살아 오는 동안 큰 사건 하나를 든다면 하느님을 알 수 있게 된 것이다" 하였다. 나는 겨우 모르겠다는 것을 깨닫게 되었는데, 그분을 알게 되었다는 선언을 한 것이니 참으로 부러웠다. 그것이 참 행복이 아닐까 싶다.

예술은 끝까지 고독의 줄을 끊을 수가 없고 종교를 통해서만이 그것을 초월할 수가 있는 것이 아닐까 생각해 본다. 예술가는 단신으로 어떤 궁극의 곳을 향하여 찾아간다. 종교는 "누가 이렇게 말했다" 하는 것을 믿고 찾아가는 점이 다르다. 근세의 많은 철학자들이 한 말인데, 철학은 주변에서 맴돌면서 그곳을 보고 예술을 통해서는 수시로 그곳을 왕래하며 종교를 통해서는 그곳에 상주할 수 있다. 예술의 세계는 "누가 이렇게 말했다"가 없는 것 같다. 아무도 궁극의 어떤 것을 본 사람이 없는 것이다. 끝간 데 알 수 없는 그 한계선 안에서 예술가는 고독을 지켜가야 하는가 보다.

조각은 만드는 것이 아니고 열려져 나오는 것이다. 이 말은 프랑스의 조각가 아르프가 한 말이다. 사과나무에서 열매가 열려져 나오듯이, 형태란 인위적으로 만들어지는 것이 아니고 많은 것을 종합적으로 소화해서 자연스럽게 생성되는 것이라는 뜻일 게다. 그런데 형태가 처음부터 우리 안으로부터 생성되어져 나오는 것이 아니고 기나긴 만듦새의 시련을 극복한 연후에야만 될 수 있는 것이다. 태반의 예술가들이 그것을 극복하지 못한 채 좌초하는 것이고 소수의 큰 예술가들만이 그것을 극복하고 열려져 나오는 경지를 경험하게 되는 것이다. 그래서 이가염 선생의 말씀처럼 서두르지 말고 열심히 일하면서 노년을 기다려야 된다는 것이다. 얼마큼 참아낼 수 있느냐 하는 것이 참 극복의 비결이 아닐까 싶다. 참지 못하기 때문에 서둘러지는 것이다. 웅덩이에 물이 고일 때를 기다렸다가 넘치면 흘러가고 더 큰 웅덩이를 만나면 더 큰 시간을 참았다가 또 넘치면 흘러흘러 마침내 부증불감(不增不減)의 바다에 당도한다. 독일의 화가 파울 클레는 그곳을 '창조의 원천, 자연의 자궁'이라 하였다. 화가를 지망했다가 그곳에까지 이르지 못하고 좌절한다는 것은 참으로 유감스러운 일이라 하였다. 끝없는 생성이 존재하는 곳에…

앞서 말한 바 있지만 나는 일하는 시간이 가장 즐겁다. 일을 즐기는 것인데 일하지 않고 있을 때가 가장 힘든 시간이다. 무엇을 할 것인가, 어떻게 할 것인가 감이 잡히지 않을 때가 괴롭고 이것을 할까 저것을 할까 아직 정해지지 않은 시간이 불안하다. 작업실에 진행중인 형태가 있을 때는 좋은데 그것이 끝나고 다음일이 아직 착수되

지 않은 그 여백의 시간이 견디기가 어렵다. 연전에 세상을 떠나신 로마의 조각가 파치니 선생을 만났을 적에, 당신의 형태는 보기에 즐거운데 사는 것도 그렇게 즐거우냐고 물었을 때, 그의 답인즉 "먹는 것이 즐겁고 일하는 것이 즐겁다" 하였다. 이제사 나는 그의 말뜻을 알 수가 있을 것 같다. 나는 그 무렵 먹는 것도 힘들고 일하는 것도 힘들고 사는 모든것이 힘들었을 때였다. 사람들의 하는 일이란 대체로 길이 같은 것이어서 앞서간 사람들의 세계를 똑같이 밟는다는 생각을 한다.

일이란 즐거운 것이고 참 좋은 것이다. 괴로운 시대를 지나 즐거운 시대를 살고 그리고 그다음에는 기쁨의 시간이 있을 것 같다. 그리고 또 그다음에는 어떤 세상이 보일까. 즐거움이란 순환이 자연스러울 때 생겨나는 조화의 상태가 아닐까 싶다. 그침 없이 일할 수 있다면 더이상 좋을 게 없을 성싶다.

어느날 문득 한 고개를 올라서 보니 세상은 온통 고해(苦海)였다. 참혹한 전쟁터였다. 아, 내가 저 세상을 어떻게 살아 왔는가, 겁이 더럭 나는 것이었다. 어둠에 묻힌 땅, 한발한발 더듬거렸던 길고 긴 젊음의 시간들, 빛을 향하여 가자. 신념만이 있었다. 언젠가 신문에서 희한한 기사를 보고 다들 놀란 적이 있었다. 원통 기둥의 전신주가 있었는데 그 바닥에 풀씨가 있었던지 십여 미터의 어둠 속을 뚫고 햇빛 속으로 푸른 이파리를 드러낸 것이었다. 생명의 끈질긴 이치에 탄복하지 않을 수가 없었다.

나는 예술을 참 생명에 이르는 길이라고 생각하고 있다. 생명이 무엇인지 알 수가 없기 때문에 예술이 그것을 찾는 길이라고 믿는 것이다. 그것을 다른 말로 하면 자기 발견이라고 할 수도 있으리라. 진정한 나에로의 접근, 예술의 형태는 가시적(可視的)이지만 그것은 안보이는 내부에서 찾는 것이다. 노자(老子)는 이런 말을 하였다. "높은 것과 낮은 것은 같다." 석가는 이렇게 말하였다. "보이는 것과 안보이는 것은 같다." 예술의 찾음새는 안보이는 곳에 있고 그 형태는 보이는 쪽에 있다. 사람들의 모든 행위는 유(有)의 세계이고 그 내면은 무(無)의 세계에 접해 있다. 유의 세계도 무한하고 무의 세계 또한 무한하다. 유와 무를 관통하려는 것이 예술의 목표가 아닌가 싶다. 질서에의 온전한 순응이 아닐까도 싶다.

나는 세계미술사를 총괄하는 과정에서 한국역사의 과거에 대해서 특히 관심이 있었다. 그것은 나의 주변에 대한 이해의 필요성 때문이었다. 수천년간 살아온 나의 핏줄의 모양새에 대한 이해의 필요성 때문이었다. 나는 어디서 어떻게 살아 왔으며 그리하여 나는 누구인가. 나는 작년에 일본의 나라(奈良) 지역을 다녀온 적이 있다. 법륭사

(法隆寺)의 목조백제관음과 광륭사(廣隆寺)의 목조미륵반가상을 보고자였다. 천사백 년 전 일본에 건너간 그 솜씨를 보고 싶었던 것인데 야스퍼스와 앙드레 말로가 격찬을 했다 해서 더욱 궁금하였다. 참으로 훌륭한 걸품이었다. 그 중에서도 백제관음이 더욱 인상이 좋았다. 돌아오는 길에 부산에서 기차를 타고 창밖 풍경을 바라보노라니 나도 모르는 사이에 한국의 이 찬란한 풍광에 빠져들고 있었다. 억센 풀과 나무, 강한 흙과 바위, 그리고 찬란한 햇빛… 한국미술은 바로 여기에서 나왔다. 밝은 땅, 우리 미술의 특징을 나는 밝음이라고 생각한다. 일본사람 야나기(柳宗烈)는 한국의 특징을 비애의 미(美)라 하였는데 나는 신용하지 않았다. 찬란한 밝음, 강하고 억세며 소박하고 예리하며 따뜻한 것이다.

맑은 그림이 좋고 깨끗한 그림이 좋고 곧은 그림이 좋고 깊은 그림이 좋고 만고풍상을 다 잠재운 그림이 좋고 봄날 새싹과 같은 그림이 좋다. 봄날 새싹과 같은 그림은 만고풍상을 다 이겨낸 연후에야 이룩될 수 있는 것이 아닐까. 좋은 그림은 나를 정화시켜 주고 용기를 주고 그리고 잠시 잠시 나를 해방시켜 준다.

추사 선생은 이렇게 말씀하였다. “법이 없어서도 안 되고 또한 법이 있어서도 안 된다.” 불경에는 이런 말이 있다. “만사가 허망한 것으로 보이면 여래(如來)를 볼 수 있다.” 성경에는 이렇게 기록되어 있다. “깨끗한 사람은 복이 있나니 너희가 천국을 볼 것이다.” 나는 성경을 가끔 예술론으로 바꾸어서 생각하는 수가 있는데 위의 예수와 석가의 말에는 추사의 예술론과 같은 뜻이 포함되어 있다고 생각한다. 깨끗한 곳은 빈자리인데 법으로부터 도피한 곳이 아니라 법을 소화해서 법으로부터 자유롭게 되는 곳이다. 모든 법이 나에게로 왔다가 다 떨어져 나가면 참 그림에 이르게 된다. 그래서 깨끗한 사람은 복이 있다. “나는 내 눈에 보이는 대로 만든다.” 여기가 자코메티가 도달한 곳이다. 내 눈에 보이는 대로 만든다. 그곳은 여러 법의 작용권으로부터 해방된 곳이다. 좀 지나친 생각일는지는 모르지만 나는 예술이 자기구원의 길이 아닐까 믿는 것이다.

그림은 그릴수록 그림에서 멀어져 간다. 그림은 그릴수록 세상에서 멀어져 간다. 그렇게 해서 그림은 보다 그림쪽으로 가까이 가고 세상쪽으로 가까이 간다.

밝은 형태를 만들고 싶다. 따뜻한 형태를 만들고 싶다. 그러나 내가 지금 그렇게 할 수 없다 하더라도 나를 혐오하지는 않는다. 그냥 놔두고 싶다. 꽃은 항상 밝고 깨끗하며 구속감이 없다. 나는 자연을 항상 가까이 하고 자연을 통해서 나의 모자람을 보고 있다. 꽃이나 나무처럼 자유로운 형태를 만들고 싶은 것이 나의 꿈이다.

공부한다는 것은 내가 나와 접근하려는 행위가 아닌가 싶다. 나는 언제부터인가 나로부터 멀리 떠나 있었다. 점점 가까이 오고 있다는 생각을 한다. 잡을 수는 없지만 얼마만큼은 내가 보인다. 나를 관통할 수 있으면 신이 보일 것 같다. 나를 향한 멀고 험한 길, 갈수록 먼 길. 밖에서 안으로, 안과 밖은 둘이 아닌데 관통하면 하나가 될 것 같다. 하나가 될 때까지, 분리의 세계가 무너질 때까지, 광명한 세계를 찾을 때까지, 우리의 길은 거기까지가 아닐까 싶다.

자연이 은밀하게 나에게 속삭여 주고 있는 것, 심중 깊은 곳에서 솟아나는 야릇한 울림, 그리고 옛 어른들이 형태를 통해서 나에게 말해 주고 있는 것, 그 모든것들이 나의 세계를 이룬다. 저 사방에서 끊일 사이 없이 들려오는 소리들이 나를 움직이게 한다. 그 소리들은 암시적인 신호일 뿐이어서 내가 그것을 어떻게 소화하느냐에 달려 있다. 너는 지금 어디에 있으며 어디로 가고 있느냐, 무슨 일을 하고 있느냐. 나는 때때로 생각하는데 그 언어들이 보다 명료하게 보다 강하게 나의 심중을 두들겨 주기를 바라는 것이다.

조형예술을 위한 수상

그림이란 무엇이며 왜 그리며 어떻게 그려야 할 것인가. 이 기본적인 문제에 대해서 나는 오래도록 생각해 왔고 또 지금도 생각하고 있다. 이 간단한 물음이 그렇게 긴 시간을 생각했는데도 풀리지 않는 것은 무슨 때문일까. 스승의 가르침 속에서 또 많은 책들을 읽는 가운데서도, 일 가운데서도 이 간단한 숙제는 풀리지 않는 오묘함으로 남는다. 아마도 그것은 영원히 풀리지 않을 성도 싶고 그림 그린다는 것이 그것을 풀어 나가는 방편일 듯도 싶다. 당신은 왜 살고 있으며 무엇을 위해서 어떻게 살 것인가를 물으면 무어라 답변할 것인가. 우리는 오늘도 공부를 하고 있고 무엇인가에 달성하고자 열심하면서도 거기에 대한 답은 사실상 가지고 있지를 않다. 한 가지 분명한 것은 예술의 문제는 바로 우리들의 삶의 문제라는 것이다. 프랑스의 조각가 쟈코메티는 이런 말을 한 적이 있다. 하나를 만들면 천 개가 연달아 나오고 그 하나를 만들 수 있을 때 나는 조각을 하지 않을 것이다. 이것은 참으로 의미심장한 말이다. 길고 긴 각고의 시간 속에서 그가 터득한, 아마도 끝이 없을 것 같다는 솔직한 고백이다.

나는 어릴 때 글쓰는 것에 관심이 있어서 문장 강화책을 여러 권 읽은 적이 있었다. 책마다 어딘가에 어떻게 하면 좋은 글을 쓰는가에 대한 항목이 있었는데 하나같이 똑같은 말이 적혀 있었던 것을 지금도 기억한다. "고전을 많이 읽고 많이 쓰되 본 대로 느낀 대로 한다." 고전을 많이 읽고 많이 쓴다는 것은 이해가 가는데 본 대로 느낀 대로란 말뜻을 알 수가 없었다. 그리고서 나는 수십년간 잊어버리고 있었는데 나이 사십이 넘어서 어느날 문득 그 이야기가 되살아난 것이었다. 오랜 암중모색의 경험 속에서 본 대로 느낀 대로의 의미에 접근한 것일까. 어쨌든 신기한 사건이었는데 참으로 옳은 말이었다.

삶의 문제는 경험을 통해서 터득하는 것이다. 지식이 경험을 통해서 소화될 때에 삶에 풍요를 더하는 것 같다. 그림은 경험의 세계이다. 본 대로 느낀 대로란 것은 인간의 순수 경험세계를 말하는 것이 아닐까. 다른 사람이 본 대로가 아니고 다른 사람이 느낀 대로가 아니고 나에 의해서 관찰된 대로 나의 감각에 의해서 접촉된 대로의 경험세계이다. 그래서 그림 그린다는 것은 내가 순전한 주체자가 되어서 세계를 여행하는 여정과도 같고 인생과 세상을 나의 경험을 통해서 터득하는 그런 의미의 세계이다.

우리들의 눈은 상식에 의해서 물들어져 있다. 컵은 이렇게 생겼고 이렇게 그리면 되는 것이고 나무는 이렇게 생겼고 이렇게 그리면 된다. 그러나 실제의 컵은 그런 상식의 컵 하고는 다르고 보는 위치에 따라서 놓여진 환경에 따라서 얼마든지 다르게 보여진다. 상식으로 물들어진 눈으로 사물을 바라보면 그것은 개념화된 사물일 뿐이며 생생한 실존의 현재성과는 거리가 멀다. 그렇기 때문에 우리가 일상적으로 보고 있는 세계는 개념화된 관념의 세계라고 해도 과언이 아닐 것이다. 이렇게 생각하면 우리들은 허상의 세계를 살아간다는 말이 되는데 그림이라는 것은 실상의 세계로의 접근방식이 아닌가도 생각되어진다. 그림이란 것은 없는 것을 만들어내는 것이 아니다. 지금 있는 그대로의 현실, 지금 우리 눈앞에 막 벌어지고 있는 여러 상황에 대한 솔직한 접촉에서 이루어지는 것이며, 예술에 있어서 진실이 크게 문제가 되는 것은 바로 그 때문일 것이다. 지금까지 없었던 것을 만들어낸다는 것, 그것 자체는 아무런 의미가 없다. 그림은 결과이지 목적은 아니다. 새롭다는 것은 결과일 수는 있어도 목적은 아닌 것이다. 자칫 우리는 그 함정에 말려들 수가 있는데 그것을 조정하는 것이 이성의 역할이다.

많은 사람들이 그림이란 열심히 그려나가기만 하면 되는 것이 아닌가 생각하고 있다. 열심히 그려나가는 데 있어서 어떻게란 방법이 필수적으로 따르게 마련인데 그 어떻게란 것이야말로 단순치가 않다. 수천년 동안 동서양을 막론하고 그림을 그려왔다. 그것들은 세계 도처에 남아 있어서 엄연한 역사적인 현실로 되어 있다. 우리들은 지금 두 개의 현실에 당면하고 있는데, 하나는 그 역사적인 현실, 문화적 유산이고 또 하나는 지금 눈앞에서 변화하고 있는 생생한 상황이다. 이 두 개의 현실은 그 어느 쪽도 소홀히 할 수가 없고 방법은 그것들을 소화 극복하여 본 대로 느낀 대로의 순수성을 되찾는 길밖에 없다. 예술수업의 어려움이 바로 여기 있다. 이 세계에는 여러 개의 문화권이 있어서 서로 상관하면서 시대에 따라 변화하고 있다. 지역마다 특수한 조건이 있어서 형태의 양상이 서로 다르게 형성되어 왔다. 각기 다른 사상, 다른 표현

1990. choi

방법으로 해서 미술의 역사는 점철되고 있었다. 그런 수천년의 정신적 유산을 우리는 한눈으로 보고 있는 것이다. 20세기는 세계 전체를 한눈으로 보게 되는 시대가 되었다. 그 많은 양의 형태들, 그 다양한 형태들을 보고 있기 때문에 우리의 머리속은 마치 큰 미술관과도 같다. 앙드레 말로는 그것을 공상의 미술관이라고 명명한 바 있었다. 어쨌든 우리들은 서로 규모는 다를지언정 세계미술관을 하나씩 가지고 있는 셈이 된다. 나는 하루에도 수십번씩 나의 공상미술관을 순찰하고 있다. 의식의 흐름은 시각과 장소를 초월한다. 그리하여 나의 미술관은 소장품들이 나날이 늘어나고 때에 따라서는 그것들이 나의 이성을 압박하여 혼란을 경험하기도 하고 때에 따라서는 조언과 용기와 위로를 얻기도 한다.

우리의 머리속에 있는 세계미술관을 그대로 놓아두면 박물관 구실만 하는데 그것을 소화하고 계통잡으면 생명에 보탬이 되는 영양제가 된다. 수십세기를 지나오는 동안 많은 사람들에 의해서 평가되고 재정리되고 해서 그 가치가 인정된 것이 미술관에 보관된다. 무수하게 쏟아져나오는 책들 속에서 거론되고 사진으로 제시되고 하는데 말하자면 일종의 평가작업이다. 우리는 두 가지 측면에서의 평가작업을 경험한다. 하나는 학문적인 입장이고 또 하나는 예술가들에 의한 직관적 평가작업이다. 그 두 가지가 공히 인간의 이성적 활동이란 점에서는 같지만, 하나는 학문적인 증거로서 제시되어 사람들이 읽게 되고 하나는 예술가들에 의해서 행동으로 즉 눈으로 보게 되는 형태로서 제시된다. 일생 우리는 그 예술가들에 의해서 평가되고 사색되는 고전과의 관계는 잘 알지 못한다. 그것이 문자로서 기록되지 않기 때문이다. 더러는 많은 기록과 말을 남기는 예술가도 있고 어떤 이는 덜 남기는 경우도 있다. 그들은 덜 논리적이면서도 자기의 내면 깊숙한 확신을 말하고 있어서 중요시할 필요성을 느낀다. 물론 예술가의 말들이 작품을 더 좋게 만들거나 나쁘게 만들거나 하는 것은 아닐 것이다. 그것은 단지 바른 학문을 위해서 바른 창작의 길을 위해서 중요한 것이다.

미술관은 우리들의 스승이며 벗이다. 알게 모르게 영향을 받고 어려울 때 해결의 열쇠가 되어 주며, 사색의 터전을 마련해 준다. 우리의 현재는 과거의 총집산이며 그것은 미래로 연결된다. 지금 우리들의 내면은 과거의 여러 요소들이 녹아서 피가 되고 살이 되어 현재의 나를 형성하고 있는 것이다. 그래서 나를 알기 위해서 과거를 돌아보는 것이다. 과거에 비추어 보면서 나의 위치를 가늠하며 나의 삶을 확인한다. 나는 누구인가, 나는 어디에 있으며 어떻게 살아갈 것인가, 생명은 진행이다, 머무르면 죽음이다, 어떻게 진행할 것인가, 이것이 우리들의 삶에 주어진 숙제이다. 어떻게…이 어떻게 때문에 갈등하며 번민하며 사색하며 탐구한다. 그래서 예술은 지성을 필요로 하는데, 아니 예술은 지성이다. 흔히들 예술은 감성의 소산이라고들 말한다. 물론 감성이야말로 예술에 있어서 절대적이다. 하지만 지성의 결핍은 감성을 약화시킨다. 엄격히 말해서 지성과 감성은 분리시킬 수가 없는 것인지도 모른다. 어떤 시인이 말한 것 같다. 시인은 지성과 감성의 두 날개를 가지고 칼날 위를 걸어간다고. 프랑스의 대철학자 자끄 마리땡은 지성, 감성에다가 영성(靈性)까지를 말하고 있다. 감성은 원초적이다. 동물들도 감성은 가지고 있다. 어떤 이는 식물들에게 있어서도 감성의 활동을 말하고 있다. 이성은 인간적이다. 이성의 기능이 종합적으로 활동할 때 빛이 생기는데 그것이 지성이다. 지성과 감성은 생명을 같이하고 그것은 영성으로 연결되어서 완전해진다.

역사에 대해서, 이성에 대해서, 지성, 감성, 영성에 대해서 그림과는 상관없는 것 같은데 왜 이런 이야기를 하게 되는 것일까. 예술은 삶 전체이기 때문이다. 식물의 삶은 단순하지만 인간의 삶은 그렇게 간단하지 않기 때문이다. 20세기의 많은 예술가들이 '어린이와 같이 되지 않고서는…'이란 말을 공통적으로 하고 있다. 현재 우리들의 내면의 상태는 어린이와 같이 되어 있지가 않다. 우리들은 욕망하며 번민하며 흥분하고 좌절한다. 바르게 알지 못하며 바르게 보지 못하며 올바른 사고를 할 수가 없게 되어 있다. 어린이와 같이 순진무구하지도 자유롭지도 못하다. 다시 말하자면 어린이성이 파괴된 것이다. 영국의 시인 워즈워드는 어린이는 어른의 아버지라고 말하지 않았던가. 그렇다면 우리는 어떻게 해서 그 천진하고 행복한 어린이의 상태로 귀의할 수 있을 것인가. 기쁨, 행복, 자유는 인류의 이상이다. 오랜 동안 인류가 살아 오면서 많은 것을 경험하고 많은 것을 생각하였다. 그러는 동안 사람들이 얻을 수 있는 가장 높은 가치에 대해서 희구하였는데 그것이 행복이고 자유였다. 무엇이 행복이고 무엇이 자유이냐에 대해서는 나중 문제로 삼고라도 그 이상을 향해서 우리는 찾아나서야 할 것이다. 학문, 예술, 종교는 바로 거기를 향한 찾아나섬이 아닌가 싶다. 그래서 우리는 역사를 돌이키며 지성, 감성, 영성에 대해서 생각하는 것이다.

봄을 찾아서 온 산천을 헤매다가 실망하여 돌아와보니 뒷곁의 꽃나무 가지에 있었다. 산을 넘으면 강, 강을 건너면 또 산… 끝이 없는가 탄식하는데 꽃피고 버들 우거진 한 마을이 있었다. 이것은 이상과 현실에 대한 경험세계를 말하고 있는 것이다.

어떤 사람이 노년의 카잘스에게 찾아가서 "어떻게 하면 행복을 얻을 수 있겠습니까" 하고 물었을 때 "당신의 내면의 소리에 귀를 귀울이시오"라고 말한 바 있다. 내면의 소리란 무엇인가. 어린이는 내면의 소리대로만 행동할 것이다. 그밖에는 다른 사념이 있을 수가 없다. 어떻게 해서 내면의 소리를 들을 수 있을 것인가. 설혹 듣는다 하여도 구습에 젖은 우리들의 육체와 의식은 자유스러운 행동을 할 수가 없다. 어떤 방법이 있는가. 그 방법이란 역사를 익히고 소화하여 의식과 육체를 자유롭게 하는 수가 있을텐데 그것이 예술에 있어서의 수련활동이다. 인간에게 주어진 감성과 이성과 육체를 총체적으로 써서 문제를 푸는 것이다. 화가 파울 클레는 이런 말을 한 적이 있다. "만물을 생성하는 곳, 자연의 자궁, 창조의 원천, 그런 데가 있는데 화가를 지망해서 거기를 가보지 못하고 좌절한다는 것은 참으로 섭섭한 일이다." 조각가 아르프는 이런 말을 한 적이 있다. "형태는 만드는 것이 아니고 사과나무에서 과일이 열리듯이 열려져 나오는 것이다." 이 말들은 모두가 예술의 근본을 말하고 있는 것이 아닌가 싶다. 예술의 근본은 창조에 있다고들 말한다. 창조란 무엇인가. 쇼펜하우어 이후의 여러 철학자들이 말한 바 있다. 철학은 그 주변을 맴돌면서 거기를 바라보고 예술을 통해서는 수시로 거기를 왕래하며 종교적 수련을 통해서는 거기에 상주할 수 있다. 한정없이 먼 길이긴 하지만 좋고 아름다운 열락(悅樂)의 땅이 있다 할 때 어찌 우리가 이 가치의 근원에 대해서 외면하고 살 것인가. 삶의 의미가 거기에 있다는데… 옛날부터 가치의 끝을 진 · 선 · 미로 분석하여 따져 왔다. 예술은 미의 방법을 통해서 진과 선의 문제를 포용한다. 궁극의 가치가 세 개 있을 수가 없는 것이라면 우리는 전체성을 탐구해 들어가야 하기 때문에 분리시킬 수가 없는 것이다. 사람이 어떻게 세 가지를 따로따로 행동할 수 있을 것인가. 미가 진실로 미이기 위해서는 진과 선에 합류하여야만 되고 그래서 예술은 삶 전체 속에 자리하여야 되는 것이다. 사람들은 누구나가 즐겁게 살 수 있기를 바라고 행복할 수 있기를 바란다. 예술은 그 행복을 향한 찾음새이다. 피카소를 비롯해서 당대의 열 사람의 화가들한테 "당신은 누구를 위해서 그림을 그리시오"라고 질문을 던졌을 때, 그들에게서 하나같이 '나를 위해서'라는 답이 나왔다. 물론 나의 영리를 위해서란 뜻은 아니다. 왜 나를 위해서라고 서슴없이 답변했을까. 베토벤은 죽을 무렵에 "나는 인류를 위해서 포도주를 담궜노라"고 말하였다. 나를 위해서 그림을 그리는 것은 바로 인류를 위한 포도주를 만드는 것과도 같은 것이다. 진 · 선 · 미의 관계는 오묘해서 설명하기가 어렵다. 이 말들은 그런 면에서 중요한

의미를 시사하고 있는 것으로 보아야 할 것이다.

높은 산에서 조그만 물줄기가 생겨나고 그 물줄기가 다른 여러 줄기를 흡수하면서 시냇물이 되고 인근의 시냇물들이 합쳐서 강을 이루며 마침내 큰 강이 되어 바다를 만난다. 모든것은 만난다. 만나야 할 모든것을 맞아들이면서 전체성을 형성한다. 그리하여 전체성의 삶을 살아간다. 예술은 하나의 강물과도 같다. 언젠가 그 강물은 바다를 만나서 영원한 삶으로 이어진다. 바다는 고향인가, 끝인가. 모든것은 다 만나게 되어 있다. 의식의 흐름, 심리적인 또는 감정적인 모든것이 그림이라는 현장에서 만나면 어울린다. 철학과 과학의 탐구성과도 만난다. 윤리와 도덕과도 만난다. 정치와 사회와도 만난다. 우리들의 신변에서 일어나는 모든것, 거짓과 진실, 용기와 비굴, 희망과 절망, 죽음까지도 만난다. 그리하여 예술은 전체이다. 예술의 심도는 그 전체성에 대한 해결의 정도와 비례한다. 『25시』의 작가 게오르규가 서울에 왔을 때 이런 말을 하고 간 것을 기억한다. 세상이 병들었을 때 시인의 마음은 아프다. 예술과 사회, 예술과 휴머니즘의 관계를 말하고 있는 것이 아닐까.

19세기의 대예술가 추사(秋史) 김정희는 이렇게 말하였다. "머리로는 만 권의 책을 소화하고 가슴으로는 큰 사상을 품으며 팔굽 아래로는 세계의 미술사를 익혀 극복하고 그런 연후에야 창작의 사업을 이룰 수가 있다." 그런데 9999는 노력을 통해서 인위적으로 해결할 수가 있는데 나머지 1의 문제는 사람의 힘으로는 할 수가 없다. 그 1은 9999를 하지 않고서는 얻을 수 없는 것인데, 그렇다고 해서 9999를 이루면 누구나 1을 얻을 수 있는 것은 아니다. 말하자면 하늘의 도움이 있어야 한다는 뜻인데 인위의 한계를 말하고 있는 것이 아닌가 싶다. 참으로 무서운 이야기이다. 인력을 다하고 그런 연후에 하나의 천기(天氣)를 얻어서 대예술은 탄생한다. 그래서 예술을 도(道)라 하였다. 시(詩) 서(書) 화(畵)를 존중한 의미가 거기에 있었고 그리스 사람들도 기(技)에 보다 비중을 둔 형태를 저급예술이라 하였다. 앞서 추사의 이야기는 창작의 어려움을 말한 것인데, 너무 어렵기 때문에 사람들은 쉬운 길로 가려 하나 거기에는 반드시 함정이 도사리고 있다. 함정은 도처에 있고 그것을 가려 헤쳐 나간다는 것은 죽음의 계곡을 통과하는 형국과도 같아서 마치 삼장법사가 불경을 얻으러 히말라야를 넘는 어려움과도 같은 것이다. 진리에 이르는 길은 그렇게도 멀고 험하지만 용기를 가지고 그 이상을 향해 가는 것이다. 왜냐하면 그것은 이 세상의 그 무엇보다도 좋은 것이기 때문이다. 행복이 거기 있기 때문이다. 자유가 거기 있기 때문이다. 기쁨이 거기 있기 때문이다. 파울 클레의 말대로 그것을 알고서 어찌 길을 중단하랴.

나는 오늘도 그림이란 무엇이며 어떻게 그릴 것인가에 대해서 생각한다. 인생은 도정(道程)이다. 모든것을 한군데에다 몰아놓고 그것들을 관통하는 구멍을 뚫는 것이다. 이 세계에서 저 세계에로 연결하는 길인 것이다. 말하자면 초월이다. 먼 바다에의 꿈을 그리며 그 만남의 날을 기다리며 마음을 조절한다. 강물이 바다를 만나면 강물성이 해체되고 보편성으로 합류한다. 강물이 개체성을 상실할 때 영원성으로 변신한다. 그것이 초월이다. 나는 인류를 위해서 포도주를 담궜노라. 당신은 누구를 위해서 그림을 그리시오. '나를 위해서'

성직자와 예술가

여러 해 전의 일이다. 어느 신부님의 심방을 받고 인사를 나누는 자리에서 성(姓)이 같은데 한날 한시에 태어난 것을 알게 되어 누가 형이 되는지 가려 보자고 하였다. 나는 해뜰 무렵에 났다는 말을 기억하는데 그는 해뜨기 전이라고 하였다. 이리하여 나는 아우가 되고 신부님이 형이 되었다.

참으로 신기한 인연이어서 감회가 묘하였는데 형님신부 하시는 말씀이 "예술가는 참 좋겠습니다." 어안이 벙벙해 "왜요?" 하고 물었더니, "최선생은 자기 하고 싶은 대로 맘껏 만들고 있으니 얼마나 좋겠느냐"는 것이었다. 해서 나는 "흔히들 그렇게 보는 수가 많은데 실은 타의(他意)의 작용이 더 많습니다. 신부님은 좋으시겠네요." "왜요?" "타의로만 사실 수 있으니." "남들은 그렇게들 보는 수가 많은데 실은 자의(自意)가 더 많습니다." 그 이야기는 거기서 끝났다. 그후로 나는 가끔 그때의 일을 회상하는데 예술가와 성직자에 있어서의 자의와 타의란 무엇인가.

성직자들은 하느님의 말씀으로만 살고 있는 것 같지만 육신에 따른 여러 문제에 매여 있다는 말이고, 예술가는 자유롭게 하고 싶은 일을 할 수 있는 것 같지만 주변 사정과의 문제들로 항상 묶여 있다는 뜻이다.

성직자는 타의로 사는 것 같지만 자의의 문제로 고뇌하고, 예술가는 자의대로 사는 것 같지만 타의의 문제로 괴롭다. 언뜻 보기에는 상반되는 말 같지만 내가 타의라고 말했던 것은 신부님이 자의라고 말한 뜻과 다를 바가 없는 것인 성싶다.

사실 나는 지금 현실로부터 후련하게 자유롭지 못하다. 자유야말로 오늘도 일념으로 희구하여 마지않는 문제이다. 매사 힘겨워서 누가 이렇게 하라고 시켜 주었으면 하고 생각한다. 어려운 일이라고 생각되기는 하지만 모든것을 극복하고 마음 편하고 싶은 것이다.

모든 뜻이 나의 뜻으로 행사될 때, 나의 뜻이 밖의 뜻과 같이 될 때, 상대적인 것이 부서질 때, 진정한 자의는 타의와 같고 진정한 타의는 자의와 같다.

지역성과 보편성

누가 한 말이던가. 예술은 국경이 없다고 하였다. 국가간에는 국경이 있지만 예술에는 경계가 없다는 말이다. 그런데 잘 생각해 보면 예술에도 국경이 있는데 훌륭한 예술은 그 경계선을 초월한다는 뜻으로 보아야 할 것 같다. 국경선 안에 있는 예술도 있고 모든 국경선들을 아래로 내려다보며 높이 서 있는 예술도 있다는 말이 된다.

우리는 지나간 역사 속에서 지역성을 초월하고 시대성마저도 초월한 많은 걸작들을 볼 수가 있다. 가까이 우리나라 역사 속에서도 청동미륵반가상, 석굴암 조각, 일본에 있는 백제관음상, 목조미륵반가상 등 영원히 살아있는 조상들의 높은 조형정신을 보고 있는 것이다.

앙드레 말로가 일본을 돌아보고 떠날 때, 일본이 만약에 바다 속으로 가라앉는다고 할 때 당신이 무언가 하나만을 건질 수 있다고 한다면 무엇을 잡겠느냐고 물었다. 그는 서슴없이 '백제관음'이라고 대답하였다. 야스퍼스가 일본에 들렀을 때 목조미륵반가상을 보고 놀라운 기록을 남겼는데, "내가 철학자로서 이 세상에서 걸출한 형태들을 많이 보아왔지만 이렇게 위대한 예술은 처음 접하노라"고 하였다. 인간적인 모든 문제를 초극하고 사랑과 평화의 경지까지를 표현하고 있다고 하였다.

높은 예술은 만인의 것이다. 어떤 지역 또는 어떤 시대의 사람들에게만 소통된다면 섭섭한 일이고, 만세(萬世)의 만인과 함께 할 것인데 그러자면 만세를 살 수 있는 근본적인 가치를 찾아야 할 것이다.

"가장 민족적인 것이 가장 세계적이다." 이것은 독일의 대문호 괴테의 말이다. 지역적인 특수성이 살아 승화되어서 보편적인 가치가 구현된다는 말이 아닐까 싶다.

개체성으로부터 시작하여 보편성에 도달하는 것, 가장 특수적이면서 가장 총체적인 것, 일반적인 질서에 도달하는 것. 예술은 그 근본적인 가치를 찾아 접근하려는 하나의 방편이다.

가을을 보내며

연전에 파리에서 전시회를 가진 일이 있었다. 그런데 그쪽 사람들이 어쩌면 이렇게도 슬픈 형태가 되었느냐고들 하였다. 한두 사람도 아니고 대체로들 그런 인상을 받았다고 하였다. 나는 객관자의 시각으로 돌아가서 내 작품들을 보려 하였는데 방 분위기까지도 슬픈빛으로 가득 찬 것 같았다. 참으로 심정이 착잡하였다. 도대체 내가 어떻게 살아 온 사람이길래 이처럼 진한 슬픔이 나도 모르는 사이에 형태에로 스며들게 되었는가.

어려운 세상을 살아 오느라 그랬는지 눈을 그리면 슬픈 눈이 되고 전신에 고뇌의 흔적이 끼어드는 것을 보고 그런 흔적을 지워 나가려 많은 애를 써보았는데, 그럼에도 불구하고 이런 인상이 되었다니 놀라지 않을 수 없었다. 나는 지금 어두운 그림자를 제거하고 밝은 형태를 만들려고 전력으로 추진한다.

어린 시절 일제 말기를 살았고 초등학교 육학년 때 해방을 맞았다. 그후 좌익, 우익하는 혼란을 보았고 이내 육이오의 대참극을 경험하였다. 우리들의 생명 재산 그리고 정신마저도 부서뜨린 그 전쟁은 생각하기에도 무서운 일이었다. 미군의 진주로 해서 서양의 신기한 문물을 접하고 자유당, 민주당 정부의 붕괴를 보면서 그 뒤 이날까지 대학가의 소요 속을 살아 왔다. 지나간 오십년이 한편의 무서운 영화를 보는 듯하다.

내가 경험한 모든것들은 내 안에 어떤 흔적을 남겨 놓고 어디론가 떠나갔다. 그것들은 어디론가 흘러지나갔지만 내 안에서 어떤 변형된 모습으로 살아있는 것인가 보다. 내가 지금 만들고 있는 이 소녀상도 끝나는 즉시 나로부터 떠나간다. 나도 언젠가 떠나갈 것인데 나는 지금 어디에 있으며 어디로 가는 것일까.

이 가을은 저물어가고 낙엽은 마당가 여기저기에서 웅크리고들 있다. 이리저리 찬바람 속을 굴러다니는 저 낙엽들을 보면서 험한 한해가 또 가는구나 생각한다. 떨어져 나가는 자연의 이치를 누가 알 것인가. 잎들은 여름내 일을 하다가 때가 되면 미련없이 떨어져 나간다. 나무는 한해한해 키를 늘리면서 마냥 그 자리에 서 있고…

개체성과 근원성

만일 내가 한국적인 것을 하고자 노력한다면 한국적이라는 함정에 빠질 것이고 또 만일 내가 국제적인 것을 하고자 의도한다면 국제적이라는 함정에 빠질 것이다.

나는 십여년 전쯤 구체적으로 말해서 1967년 무렵, 서구라는 것을 전면 거부한 자세로 일을 해야 되겠다고 마음먹었다. 그때 사정을 지금 자세히는 기억할 수 없지만 분명한 것은 그들의 사고와 방법으로 일을 하는 게 어쩐지 후련하지 못한 것 같고 몸과 마음을 자유롭게 쓸 수도 없고 해서 어쨌든 답답하고 불편하였다.

못났어도 내 노래를 부르고 싶었다. 누가 안 보아주면 어떠랴. 봉선화에 대해서 생각하고 아리랑에 대해서 생각하였다. 서양노래를 부르면서 자랑스럽게 생각하고 마치 그 사람들이 된 듯이 노는데, 외국에서 백년을 살아도 그 사람은 한국사람일 것이며, 선진한 나라 사람들이라는 게 모두 국가주의를 하는 마당에 우리와 같은 입장에서 그들의 치마자락이나 붙들고 세계주의를 부르짖는다는 것이 우습게만 생각되었다. 그리하여 '반(反) 유럽, 반 아메리카, 반 저팬!' 하고 나는 마음속으로 선언하였다. 그러자니 하루아침에 집을 잃고 의지할 데 없는 허탈한 심정이 되었는데, 그것은 나에게 인생과 예술에 대해서 새로이 생각할 수 있는 결정적인 계기가 되어 주었다.

나는 학교 다닐 때부터 왠지 이집트의 조각과 회화가 마음에 들었는데 서구를 일단 결별하고자 결심하고 나니까 먼저 떠오르는 것이 이집트의 조각이었다. 그로부터 역사를 동쪽으로 동쪽으로 더듬어 나갔다. 중앙아시아를 거쳐서 인도, 중국을 지나고 한국미술사에 대해서 생각하고, 가까이 식민지시대의 미술에 대해서 생각하고, 세계의 문화사, 사회사, 정치사를 다각적으로 분석하면서 그리고 직접 우리 선배들에 대해서까지 검토하게 되었다. 특히 높은 문화가 인접한 지역에 흘러들어가는 과정과 상황에 대해서는 더욱 절실하였다.

나와 역사와의 관계는 저항하면서 받아들이고 받아들이면서 저항한다. 나는 과거와 미래 사이에 놓여져서 과거도 아니고 미래도 아닌 현존재로서 독립하며 그래서 나는 만세를 향해서 자유인으로서 존재한다. 역사 앞에서 나의 이질성이 균형을 이룰 수 있으면 나는 자유일 것이며 그것이 생존자로서의 승리가 아닌가 싶다.

생각의 기준은 자아에 있고 주체자로서 역사를 통솔한다. 지나간 세월 속에서 좋은 것과 나쁜 것을 가려서 보고 좋은 것을 익히고 극복한 연후에 내가 진정한 나의 삶을 경영해 나갈 것인데, 그것은 모두 나를 세우는 데서부터 비롯한다.

지역의 특수성에 관한 문제는 개체의 생존과 직결하는 것인데, 이질적인 것을 삭이는 데서 발생하는 저항이며, 그것은 차단하기 위한 것은 아니며 수용 과정에서 자아가 손상되기 때문에 거기에서 오는 허탈함에서 필연적으로 생겨나는 것으로, 역사 속에서 나의 생명을 경영해 나가자면 다 겪는 생의 본래적인 현상이 아닌가 싶다.

예술의 목적이 세계에서 제일 가는 것을 만들자는 데에 있는 것이 아니고 그런 의식이 성급하게 작용하면 권위에 기대게 되며, 특히 당대의 권위를 의식하고 그 추세를 비교하는 마음에 민감하면 나를 잃어버리게 되는데, 그와같은 현상은 역사책에 누누이 기록되어 있다.

오늘날과 같이 휴머니즘도 없고 철학도 없는 시대에서는 미의 문제가 생의 문제로부터 분리되어 조형 자체만을 추구하게 되는데, 개인주의적인 사고로 인해 예술가는 더욱 직업화된다. 사회에서 필요로 하는 용품을 만들고 공급하는 생산자와 공급자의 입장으로 전락하면서 개인취향, 국제취향에 부응하고 지적(知的) 유희에 빠져들어 예술 본래의 자리에서 그 뜻을 상실하게 될 수도 있다고 생각되는 것이다.

경계해야 될 것은 서구 우선사상이다. 중요한 것은 우리들의 생이며, 예술의 대도(大道)가 어디에 있는가 하는 것이며, 그것은 인생과 우주의 근본에 대한 사유와 통찰의 비전에 있다. 예술은 우주 자연과 인류의 과거와 미래에 대한 통찰 속에서 가장 현실적으로 오늘을 증거한다. 나는 지금 세계의 역사를 한눈으로 바라다보고 있다. 현대라는 것은 인류역사의 맨 끝머리에서 지금 막 생성하고 있는 장소이며 그래서 온갖 것이 명멸하고 있는데, 그런 속에서 나는 나의 살아갈 길을 찾고 있으며 과거를 늘 돌이켜보면서 오늘을 판단한다.

나라고 하는 나무가 한국이라는 땅에서 자라나서 세계와 영원을 호흡하고, 나뭇잎들이 그 가지에서 매년 떨어져 나가듯이, 나에게 영양을 공급한 역사의 이파리들이 오늘도 미련없이 내 나무에서 떨어져 나가고 있다.

두번째 江

마흔이 되기 전 몇 해쯤인가. 내가 그때까지 해 온 여러 형태들이 순서대로 쭉 서는 것을 보고 신기하게 생각하였다. 그런데 지금 오십을 넘기면서 다시 지난날의 전체를 한눈으로 보게 되는데 참으로 마음이 착잡하다. 그 무진한 번뇌와 무모한 격돌의 현장을 바라보면서 저 광란의 기간을 십년만이라도 단축시킬 수 있었더라면 하는 아쉬움을 갖는다.

나는 지금 내 인생에서 두번째로 강물이 흘러가는 것을 바라보고 있다. 첫번째는 내가 중학교 일학년 때의 강물이었다. 여름날 친구들과 물장구치고 놀던 강. 소를 몰고 냇가 둑에 앉아서 그 강물을 바라보노라면 아이들은 전날처럼 그렇게 놀고 있건만 나는 홀로 저 풍경에서 소외되어 있다는 것을 느끼게 된다. 그 강물은 전과 다름없이 흘러가고 나는 이쪽 기슭에서 그것을 바라보고 있다. 지나간 날들이 강물과 함께 흘러가는 것을 보는 것이다. 아, 한 세상이 끝나고 다른 한 세상 속에 내가 와 있는 것을 보고 있는 것이다. 그것은 짜릿한 그리움 같은 것이었는데 꿈 같기도 하고, 지금도 그때의 심정을 무어라 말할 수가 없다.

그런데 나는 지금 두번째 강물이 흘러가는 것을 보고 있다. 이 강물은 참으로 무섭다. 어린 날의 강물은 지금도 다시 뛰어들어 놀고 싶은 강이지만 지금 흘러가는 저 강물은 사람을 삼켜 없애는 죽음의 강 같다. 저 죽음의 흙탕물은 피로 물들어 산 같은 노도를 만들고 격랑하며 모든 생의 씨앗들을 질타하여 파괴하며 끝도 없는 곳으로 휘몰아간다. 그 속에서 나는 젊음을 몽땅 불태웠던 것이다.

그동안 나는 작품을 했다기보다 모색의 연속이었고 좌충우돌 나의 설 자리를 찾는데 여념이 없었다. 여러 지식은 서로 분리되어 있어서 혼란과 마찰을 유발하였고 그래서 그 여러 지식들로 하여 오히려 번민하였던 것 같다. 지식이 날것으로 나의 주변에서 서성일 때 나는 불안하고 그것은 내가 터득할 때에만 다정한 혈육임을 알 것 같다. 그래서 지금 나는 세상만사 모든것이 나의 혈육이 되어 일체감 속에서 불안으로부터 해방되고 분리적 현상이 극복되어지기를 희망한다. 나의 고독은 분리에서 온 것 같다. 나는 자유를 찾아 너무 많은 시간을 방황하였다. 그 흘러간 시간들은 지금도 황혼의 저 지평 속에서 아물아물 살아있고 나는 지금 오후의 느슨한 졸음 같은 것을 경험하는데, 그 폭풍의 시간들을 회상하기도 하며 어떤 감미로움에 취하기도 한다.

어쨌든 나이를 먹는다는 것은 무섭기는 하지만 섭섭한 것은 아닌 것 같다. 하나씩하나씩 알게 되고 하나씩하나씩 친근해진다. 나는 역사와 대결하는 자세로 임했던 것 같은데 그것이 잘못이었던 것 같다. 역사는 내 속에 있고 나는 역사 속에 있었다. 나는 사회 속에서 나의 특수성을 주장하려 하였는데 그것이 잘못이었던 것 같다. 사회는 내 속에 있고 나는 사회의 일원으로 있는 것이다. 나는 많이도 판단하고 선택하고 행동하였는데 지금도 그렇지만 거기에서 흡족함을 얻지 못하였다. 선택이 아니라 관심이고, 관심이라 할진대 결단할 필요가 없는 것이 아니었을까. 내부의 작은 문제들을 소중히 아끼고 그것을 보존하고 길렀어야 했다. 나는 탈출하여 자유를 얻고자 하였다. 그러나 근본적으로 보면 탈출로부터 자유를 얻을 수는 없다. 자유는 오히려 적극적인 접근에서 온다. 친절하고 적극적인 접근, 그것이 참 생의 길이고 예술은 그것의 성취를 위한 통로같이 생각되어진다. 그렇게 생각할 때 예술 자체가 목표는 아닌 것 같다.

어느날 나는 문득 나의 내부를 들여다보게 되었다. 무질서하게 어지러진 나의 내부 공간에서 이지러진 풍경들을 보게 되었다. 제자리에 바로 있는 것이란 없는 것 같았다. 방어에 열중하여 근본을 소홀히 하였다. 이제부터 할 일은 내 방안의 질서를 회복시키는 것이었다. 종합의 작업이 아닌가 싶었다. 분별이 아닌 수용과 조화, 시비가 아닌 아낌과 포용, 미세한 것들에 대한 정성어린 배려. 한가닥의 가녀린 풀잎에서 큰 음성을 듣고 싶은 것이다.

순결의 문제가 오늘처럼 절실하게 가슴으로 와 닿는 때를 나는 일찌기 경험하지 못하였다. 순결이야말로 생명의 가장 기본적인 요소인 듯싶다. 순결은 언어가 탄생하기 이전의 것이다. 우리들의 사념이 순결로 이어질 때 가장 생명적인 것 같다. 순결은 원초의 숨결로 호흡하고 바람은 자고 허허적적하다. 나는 나의 육체 속에 또 나의 내면의 공간 속에서 무수한 비순결의 형체들이 서식하고 있는 것을 보고 있다. 그것은 모두가 나에 의해서 만들어진 것이고 내가 키워 놓은 것들이었다. 그 속에서 나의

순결은 가련하고 가난하다. 바른 인식과 바른 사고력은 순결의 속성이다. 인간에게 있어서의 행복은, 또 가치는 순결에 힘입어 그 도달이 가능하다. 순결 없이 자유는 있을 성싶지가 않다.

심성의 세계는 방대해서 끝이 없는 것 같다. 그래서 사람의 심성은 무한을 호흡할 수 있는 것이 아닌가 싶다. 그 무한의 세계에서는 모든것이 한 가족이다. 분리는 무한 세계의 한 파편이다. 나는 한계라는 것을 참 많이도 경험하였다. 어디서나 한계를 보고 번민하였다. 그것은 참으로 답답한 일이었다. 나는 한계가 없어지기를 바랐고 또 그것을 부수려고 시도하였다. 그러나 한계는 더 많은 한계를 만들고 나는 거기에서 구속당하고 있다는 것을 느꼈다. 그래서 나는 후퇴하고자 한다. 저 심성의 바닥으로, 시각(視覺)의 세계를 생성하는 밑층으로 후퇴하고자 한다. 후퇴야말로 자유에 이르는 여울목이 아닌가 싶다. 생명의 밀실이 있는 것일까.

나는 물론 오늘도 찾아 나선다. 그러나 멀리에서 찾고 싶지는 않다고 생각한다. 그래서 찾아 들어간다는 말이 더 옳을 것 같다. 외부와 내부를 구별할 필요가 없을 것 같다. 외부는 곧 내부이고 내부는 바로 외부이다. 나는 그동안 외부에서 찾고자 바빴다. 그러는 가운데 외부는 이미 내부에 와 있다는 생각을 하게 되었다. 나는 그동안 나의 모자람에 대해서 지나치게 질타하였던 것을 후회한다. 그것은 무지였다. 기다려야 되겠다는 생각을 한다. 오늘도 마냥 그대로 있는 것 같은 저 난(蘭)의 잎을 바라보며 나는 부끄럽다. 저 풍요, 저 자제함, 꽃김새 없는 성실함, 그것은 참으로 구체적인 삶이다.

우리는 때때로 사랑을 경험하고 기쁨을 경험하고 감사의 기분을 경험한다. 이 모든 것은 어떤 보답인가, 아니면 천래적인 것인가. 애매성이 없는 분명한 인식, 그 분명한 인식이 높이 승화되어 맺힘이 없이 사방으로 소통되는 형태들에서 나는 사랑, 기쁨, 감사의 파장을 느낀다. 예술은 침묵의 파장이다. 그것은 영원히 살아있는 언어이다. 예술은 자유롭고자 하는 데에 뜻이 있다. 도피는 자유가 아니다. 도피는 또다른 범주에 빠지기 마련이다. 진정한 자유는 수용이며 저항이며 그리하여 사랑으로 승화되는 초월에 이르러서야 누릴 수 있을 것 같다. 예술은 가장 현실적이면서도 또한 비현실적이다. 예술은 진리에 접근할수록 예술로부터 떠나려 하는 것 같다. 예술은 항상 떠나려는 충동을 안고 있는 것 같다. 예술은 떠나려는 충동이 가까스로 형태에 의해서 지탱되어지는 것 같기도 하다. 그것은 현실과 이상과의 가장 구체적인 평형관계가 아닌가 싶기도 하다.

조각은 촉각적이다. 조각은 사람들에게 있어 가장 친근하고 은밀한 촉각에서 한없는 날개를 편다. 그 촉각의 날개가 춤추는 허공은 무한이다. 조각은 가장 미세하고 사랑스러운 촉각에다 발을 담그고 광대한 공간을 호흡하는데 그 내용은 인생과 자연, 삶과 죽음, 또 그 너머까지이다. 조각은 관념이 아니라 사실(事實)이다. 생명은 엄연한 사실이고 관념이 아니다. 예술이 관념으로 흐를 때 리얼리티를 상실한다.

나는 그림을 세상을 위해서 그린다고 생각하지도 않고 그렇다고 순전히 나를 위해서 그린다고도 생각하지 않는다. 안과 바깥은 상호 연계성을 갖는 것이기 때문에 굳이 한쪽으로 단정하고 싶지가 않은 것이다. 나는 나의 형태에 대해서도 단정하지 않는다. 무엇을 나라고 할 것인가. 단정하는 순간 그것은 이미 지나가 버린다. 나는 단정되어진 사물에서는 애정을 느낄 수가 없다.

나는 상당히 긴 시간을 보상의 문제로 하여 마음을 어지럽히고 있었다. 그것은 내가 갚아야 되겠다고 생각하는 세상의 많은 문제들과 또 내가 갚음을 받고 싶은 여러 가지 생각들로 하여 누적된 체증이었다고 생각된다. 실상 나는 받을 것이 더 없었다. 그런데 나는 받고자 하였기 때문에 고통을 당한 것 같다. 받을 것은 매순간마다 다 받고 있다. 받음의 문제는 분명히 무형적이다. 그것은 기쁨의 숨결이고 풍요의 숨결이다.

완당(阮堂)의 '유희삼매(遊戲三昧)', 왕희지(王羲之)의 '신호기의(神呼技矣)'라는 글씨를 보면서 나는 멀리 백설 덮인 큰 산을 바라보듯 숙연하고 또 숙연하였다.

번뇌의 강을 건너서 관조의 강으로, 그리고 빛 사랑 자유의 물결 넘치는 또 한 강이 있지 않는가.

오늘도 구름은 무궁시(無窮時)를 흘러가고 봄의 창가에서 라일락 나무는 아직도 꿈꾸고 있는지 깨어 있는지 알 길이 없다.

소녀상

언제부터인지 나는 소녀들을 바라보는 습성을 지니게 되었다. 길을 걷거나 차를 타거나 어디에 앉으나 나의 눈은 소녀들을 좇는다. 그들의 몸매와 차림새와 표정을 읽는 데 몇 년 몇 날을 바라보아도 마냥 좋기만 하다.

티없이 맑고 꿈으로 가득 찬, 신록 같기도 하고 봄의 새풀 같기도 한, 소녀는 나의 어린 날 고향 풍경 같기도 해서 더욱 애틋한 것일까.

직장이 먼 거리로 이사하면서 자연 버스 안에서 보내는 시간이 많게 되었다. 나날이 달라지는 가로수 이파리와 이르는 데마다 다른 상황이 전개되는 그 변화를 바라보는 재미도, 이제는 피로해서 아예 눈을 감아 버리고 싶어진다. 눈을 감으면 고요가 오고 고요 속에서 생각이 솟아나는데 그 생각들은 작품의 잔상이기도 하고 어린 날의 산천이 되기도 한다. 그것은 참으로 유쾌한 사건이다. 시간과 공간을 초월해서 과거와 현재와 또 미래까지도 하나로 만드는 요술인데 지나간 날들이 현재를 위해서 얼마나 중요한가를 다시금 절감하게 된다.

누구나가 그렇겠지만 나의 어린 날은 참말 아름다운 세월이었다. 마루에 앉으면 탁 트인 벌판과 물고기가 노는 앞개울과 마냥 흘러만 가는 저편 강물 위로 해가 뜨고 달이 뜨는… 걸어서 통학 통근하기를 십팔년, 그 정겨운 판도여. 거기서 생긴 모든 일이 오늘 내가 살아가는 데 있어 결정적 동력이 되고 있다는 것을 실감하고 있다.

산길을 가다가 칡뿌리도 캐어 먹고, 보리밭 둑에 앉아 흘러가는 구름을 바라보기도 하며, 아침 논두렁 길은 개구리 밟을까 조심스러웠다.

한데 그 십리길은 지금 내가 서울거리를 달리는 버스 안에서 보내고 있는 한 시간 길과 맞먹는다. 종로길 청계천길을 지나면서 나는 문득문득 고향생각을 하고 있다. 두 개의 전혀 이질적인 상황이 번갈아 머리속을 내왕한다. 그것은 실로 엄청난 변화이면서 그런데도 엄연히 하나가 되어 나의 현실을 이룬다. 내가 힘겨울 때일수록 고향은

든든히 내 어깨를 받쳐 주고 있다.

문명이 발달된다고 해서 사람이 잘 살아지는 건 아니다. 자연에서 한 발만 이탈해도 그만큼 병드는 건데 차라리 원시의 건강성이 부러워질 때가 많다. 죽음으로 가는 길은 편리하지만 삶으로 가는 길은 무진 힘들다. 부여된 여건 속에서 삶을 생명에로 영위하자면 죽음의 요인을 애써 지워나가야 되며, 그 지우는 힘은 희생을 치르는 데서만 오는데, 예술작품이란 자기를 열심히 살리고자 싸우는 고통적 소산인가도 싶다.

창작이라고 하는 게 얼마나 힘든 공사인가. 삶과 죽음이 맞붙는 그 치열한 씨름판에서 나는 나를 유지하는 것만도 벅차다. 그렇지만 나는 아직 나를 잘 살리고자 하는 욕망을 버릴 생각은 추호도 없다. 목이 마를 때 어린 날의 뒷산 물을 퍼다 마시고 힘겨워 지칠 때 고향의 벌판에 눕는다. 산은 오늘도 말없이 거기에 있고 물은 오늘도 주야를 흐르는데, 그들은 나의 친구, 나의 어머니이다. 나는 그들의 언어를 열심으로 믿는다.

소녀상을 만든다. 해도해도 아니기 때문에 나는 또다시 소녀상을 만든다. 티없이 맑고 꿈으로 가득 찬 고향산천 같은 형태를 이루어 보고자. 언어를 넘어서서 오직 실현하는 것, 불순한 것을 과감히 물리치고 본래의 모습을 드러내는 것. 눈을 닦고 다시 마음을 닦는다.

자연은 나의 순진함만큼만 일러주는데 생명의 오묘함을 찾아 오늘은 조금 서둘러 볼까나. 시간을 거슬러 올라가노라면 어디엔가 소녀들만의 조용한 공간이 펼쳐지리라. 수(愁)끼 가시고 승리만만한 절대순수여.

비가 오고 바람이 부는 언덕에 서서 고향 그리워 나는 오늘도 과연 이루어질 수 있을까 싶은 소녀상을 다시금 만들고 있다.

유년시절의 회상

인생의 기나긴 여정 속에서 중요하지 않은 토막이 어디 한 틈이라도 있으랴마는 나이가 들수록 지나간 어린 날들이 유난히 되새겨진다. 나의 모든것은 거기서 이미 잉태되었고 나는 단지 그것을 완성하는 것이 아닌가 싶다. 의식이 싹트기 이전, 그리고 그것이 싹틀 무렵, 그것은 이른 봄날 얼어붙은 땅을 헤집고 나오는 새싹들과 같다. 유년시절은 새싹들의 시간이다. 천지가 열리고 햇빛이 쏟아지고 비바람에 천둥이 친다. 매사가 신기하고 세상은 찬란한 아침이었다.

동산 밑에 남향으로 조그만 초가마을이 있었다. 식장산 길다란 옷자락 너머에서 아침해는 붉게 솟아오르고 석양빛은 계룡산 허리 위에서 아름답게 빛나고 있었다. 탁 트인 벌판을 지나 보문산이 병풍처럼 둘러서 있고 북으로 계족산 너머에는 금강이 흐르고 있었다.

나는 우리나라 어디에 갔다 놔도 집을 찾아올 수 있다고 할머니한테 말했던 적이 있다. 그 동서남북으로 솟아 있는 산들이 워낙 특이한 모양새를 하고 있어서 그것으로 표적 삼겠다는 것이었다. 세상은 넓고 지구가 둥글다는 것을 내 어찌 알았으랴. 할머니는 그냥 미소짓고 아무 말씀도 없으셨다.

나의 고향집은 앞에 넓은 마당이 있고 마당가에 좁다란 논이 있고 그 너머엔 맑은 시냇물이 흐르고 있었다. 시냇가에는 수양버들이 늘어서 있고 맞은편 둑에 늙은 정자나무가 있었다. 여름날 정자나무 그늘 밑에는 온 마을 사람들이 다 나와서 쉬었다.

우리집 장독대는 뒷곁에 있었다. 석류나무, 매화나무가 있고 그 주변에는 봉선화, 채송화, 맨드라미가 가득히 피어 있었다. 한쪽에는 큰 살구나무가 한 그루 있었는데 봄날 꽃이 피면 참으로 화려하였다. 할머니는 밥투정을 하는 나를 안아다가 거기에서 먹여 주곤 하였는데 한결 별미였다.

나는 할머니 등에 업혀 자장가 소리에 잠을 잤고 저녁에는 할머니 빈젖을 물고 옛날 이야기를 들으면서 잠잤다. 옛날에 할아버지와 할머니가 살고 있었는데… 또하고 또하고 매일 같은 이야기를 하는 데도 나는 항상 신기하였고 언제나 들어도 재미있었다.

어린 날의 기억 중에 아직도 큰 자국으로 남아 있는 사건이 몇 있는데 그 중 맨 처음의 것이 글방 사건이었다. 할아버지께서 사랑채 웃방에다가 글방 훈장님을 모셔놓고 동네아이들을 모아서 글공부를 시켰는데 어느날 나를 그 방에 집어넣은 것이었다. 아마도 다섯 살 때가 아니었던가 싶다. 지필묵이 앞에 있고 천자책을 안겨 받았을 때 나도 모르게 울음이 터져 나온 것이었다. 체면불구란 말이 그럴 때 어울리는 말이 아닐까 싶다. 안채에서 고모가 뛰쳐나와 달래 가지고 도로 그 방에 앉혔는데 그 뒤엔 어찌되었는지 기억이 없다. 나는 그때 왜 그렇게 울었는지 요즘도 가끔 생각해보지만 알 수가 없다.

그럭저럭 적응이 되었고 붓글씨 재미에 말려 들었다. 그때부터 해마다 '입춘(立春)' 글씨를 내가 써서 붙였는데 한번은 큰집 할아버지가 내 붓놀림을 보시면서 "그놈 필력이 여간 아니다" 하셨다.

오후에 한번씩 휴식시간이 있었는데, 겨울에는 앞 논에서 얼음타고 봄 가을에는 으레 뒷동산으로 갔다. 온갖 풀과 꽃들, 그리고 나무들 사이로 달음질치며 놀았다. 열 살 넘은 형들이 몇 있었는데 이 골짜기 저 골짜기 나타났다 없어졌다 하며 신출귀몰하는 것이었다. 타작하는 날은 휴업하는 날인데 말이 일손돕기이지 축제의 날이었다. 짚단을 나르고 여럿이서 점심 먹고 하는 것이 왜 그렇게도 즐거웠던지…

한번은 사랑채에 큰불이 난 적이 있었다. 뱀의 혓바닥 같은 불길이 순식간에 지붕을 뒤덮었는데 어찌나 무섭든지 온몸이 부들부들 떨렸다. 마침 가뭄 때였던지라 개천물이 말라서 논물을 릴레이 식으로 퍼날랐다. 이웃 마을사람들까지 모두 나왔는데 수백 명이나 되었던 것 같다. 시집온 지 몇 해 안 되는 숙모가 쇠죽을 쑤다가 실수를 한 모양이었다. 불이 다 잡히고 집에 들어가 보니 물이 철철 흐르는 부엌에서 숙모가 시꺼멓게 되어 마냥 거기 서 있는 것이었다. 집이 무너지기라도 하였으면 죽었을지도 모를 일이었다. 어린 나이였지만 참으로 엄청난 충격이었다. 지금도 그때의 그 놀라운 광경이 눈에 선하다.

그 무렵 삼촌을 따라서 외가집에 간 일이 있었다. 삼촌은 당시 사범학교에 다니고 있었는데, 싫다고 하는 결혼을 억지로 시켰던 것을 기억한다. 처가댁이 우리 외가와

가까워서 겸사겸사 나를 데리고 간 것이었다. 외가에는 어머니가 관절염으로 오랫동안 계셨기 때문이었다.

기차를 타고 조치원에 내려서 한참을 걸어갔다. 외가에 들어서니 외할머니가 뛰쳐 나오셨다. 소식도 없이 외손주가 나타났으니 얼마나 반갑고 또 놀랐으랴. 어머니를 보니 나는 웬지 눈물이 왈칵 솟아나는 것이었다. 덥석 품에 안길 수도 없는 철지난 아이가 되었는데 실로 오랜만의 모자 상봉이었다. 어린 동생도 있었는데 집에 놓아두고 여기 외롭게 친정에 와 있는 어머니, 몸이 안 좋으신 어머니. 반가움과 그리움과 측은함이 뒤범벅이 된 어둡고 무언가 짙은 감정이 일었는데 나는 아무 말도 못했다.

그 뒷날 외할머니가 몇 차례 집에 오셨는데 늘 내가 큰길까지 배웅하였다. 마지막 떠나실 때의 일이었다. 그 날도 내가 따라 나섰는데, 동구밖까지 나갔을 때 날보고 자꾸만 들어가라 하시는 것이었다. 할머니가 아마 다시는 못 오시거니, 웬지 그런 예감이 들었다. 나는 언덕에 서 있고, 꾸부정한 허리에 지팡이를 짚고 신작로 쪽으로 가시면서 연신 뒤돌아보고 들어가라고 손짓하시던 외할머니. 그때 신작로 버스 타는 데까지 못 따라간 것이 두고두고 죄스러운 생각이 든다.

여름 장마 때는 앞내가 꽉 차게 시뻘건 황토물이 넘실거리며 흘러갔다. 특히 마을 아래 쪽으로 흐르는 큰 내가 범람할 때는 장관이었다. 온통 들판이 하얗게 물바다가 되었다. 논밭이 모두 물에 잠기는 것을 뻔히 바라보면서 어쩔 수가 없었다. 자연의 힘은 대단한 것이었다. 불난 자리에는 흔적이라도 있는데 큰물 지나간 자리에는 흔적도 없이 말끔하였다. 장마비는 흔히 아침에 개었다. 비 갠 뒤끝에 강물은 더욱 범람하였다. 온 마을 사람들이 물구경을 나온다. 그럴 때 쌍무지개가 뜨는데 그야말로 오색이 영롱하였다. 물이 빠질 때 어른들은 들일에 바쁘고 아이들은 물고기 잡느라 바빴다. 내가 어릴 때 우리집도 두 차례 물난리를 겪었는데 앞 강물이 넘쳐서 둑이 무너진 때문이었다. 마당가의 보리짚더미가 둥둥 떠내려가도 속수무책이었다.

아홉 살에 글방 시대가 끝났다. 국민학교에 들어가야 할 나이가 되었기 때문이었다. 훈장님은 고향으로 떠나가시고 우리들은 모두 해산하였다. 나도 섭섭했지만 할아버지께서는 매우 허전하셨던 것 같다. 한편 새로운 세계로 간다는 데에 나는 들떠 있었다. 어머니는 내가 첫 아이라서 더욱 흥분해 있었을 것이다.

일본이 하와이를 공격하던 그해 봄에 입학을 해서 우리나라가 해방되던 해 육학년이었으니 전쟁의 와중에서 국민학교를 마친 셈이다. 그 육년간의 이야기는 이루 다

말로 하기가 어렵다. 지금도 동창생들끼리 만나면 그 시절 이야기에 밤새는 줄을 모른다. 육이오 전쟁 때 이야기가 나오면 끝이 없듯이.

어릴 때 놀던 동무들 그리워라
지금은 머얼리로 가버린 시절

아 그리워라 그리운 옛 동산

그때 놀던 동무들 그리워라
지금은 다들 무얼하고 있는가

해방이 되고 중학교에 들어갔다. 그해 여름 소를 몰고 강둑에 앉아서 물장구치며 노는 아이들을 바라보다가 문득 내가 아이가 아니구나 생각하였다. 전 같으면 매일 저렇게 놀았을 텐데. 지금은 저들과 어울릴 수가 없으니, 긴 세월이 한토막 흘러간 것을 보았다. 위에 적은 시는 내가 그때 그 감정을 적은 것이다. 이학년이 되고서 거기에 곡을 붙였는데 소를 몰고 산에서 강가에서 나는 목청높여 많이도 불렀다.

그후 나는 어둠의 골짜기로 한발한발 나도 모르게 빠져들기 시작하였다. 고해(苦海)의 큰 바다로 내던져진 것이다. 만고풍상이라더니 질풍노도치는 많은 날들을 살았다. 사는 것이 무엇인가. 살아있기 위해서 싸웠다. 살다보면 정말 신기한 일도 많이 생기는데 마흔이 될 무렵 이십여년간을 잊어버리고 있었던 그 노래가 문득 떠오른 것이었다. 지금도 그것이 무슨 이치인지 모른다. 그후로 지금까지 또 이십년, 매일같이 그 노래가 생각 안나는 날이 없다.

할아버지도 할머니도 저세상으로 가셨다. 어머니도 숙모도 가까왔던 사람들 태반이 가고 없다. 마을도 뒷동산도 다 망가졌다. 이제 내 나이 육십이 다 되었다. 나는 지금도 싸우고 있다. 전에는 살아있기 위해서 싸웠는데 지금은 흘러간 어린 날을 되찾기 위해서 싸운다. 이겨야지, 그리하여 어린 날로 돌아가야지. 그 영원히 변함없는 무구한 날로 돌아가야지. 이 풍진세상을 다 다스리고 아름다운 나라, 찬란한 생명의 나라로 가야지.

고향가는 길

초가지붕 위로 내리는 빗소리가 그립다. 숲속에서 듣는 빗소리, 들녘에 몰아치는 소낙비 소리. 지금도 비는 산에도 들에도 내리고 있지만, 나는 지금 이편에 서서 그 옛날 내리던 빗소리를 그리워하며 있다. 그 비는 그리움과 더불어서 오늘 종일 내 가슴속으로 내려 퍼붓고 있다.

시골가는 기차를 타고 창밖을 내다본다. 두고 온 서울집이 안개가 되어 산과 들에 깔리고 그 위로 어머니의 얼굴이 떠오른다. 올라오는 기차를 타고 창밖을 내다보면 두고 온 고향 정경이 안개가 되며 그 산과 들에 서울 풍경이 어른거린다. 돌이켜 스무 몇 해를 다녀 보아도 언제나 변함이 없건만, 아이들은 마냥 즐겁기만 하다는 그 기찻길이 나에게는 왜 이리도 착잡하기만 한가.

과거가 묻혀 있는 고향 하늘과 지금 내가 살고 있는 서울 하늘이 겹쳐 이상한 하나의 현실을 이루고 있다. 그런데 나는 어쩐지 씁쓸하여 맑게 트인 다른 하늘을 그리워하며, 언제부터인지 그 맑게 트인 다른 하늘이 내 안에 있다고 믿어져 지금의 나를 추구하는데, 어딘가에 있을 나의 진정한 고향 하늘은 보일 듯 말 듯 안타까와 차라리 나는 지금 울고 있다.

사람이 살아간다는 것은 순수와 진실에 접근하려는 행위 자체가 아닌가 싶다. '본 대로 느낀 대로', 그것은 누가 한 말인지는 모르지만 행위가 촉발하는 가장 직접적인 계기이며, 그 밖에 또 무엇이 있다면 그것은 모두가 절충의 계기이며, 절충의 행위는 아무리 해보아도 절충 그것으로 끝나지 결코 창조의 들판에는 이르지 못한다.

작품은 결과가 아니라 진행의 흔적이며 접근하려는 의지의 표상이며 살아있다는 가장 솔직한 표현이다. 결과에 연연하면 이미 죽어 있는 거나 마찬가지이고 오직 현재뿐인데, 그 현재는 무섭고 두려운 장소이기 때문에 거기에 접근한다는 것은 실로 무서운 일이다. 현재야말로 선택과 행위의 광장이며, 선택의 불꽃이 활활(活活)한 현재

속에서 나태야말로 가장 큰 죄인 것 같다. 인습이나 습관으로부터도 자유로이 창조의 들판에 뛰어드는데, 나는 무엇이며 어디에 있으며 또 나는 어떻게 있어야 하는가.

고통을 찬미하고 재미를 존중하며 허위의 날개를 자르고 나를 아껴서 대세(大勢)를 무시한다. 되도록 모든것을 포기하며 오직 일념으로 하나를 향해서 두려워할 것 없이 열심히 다가가자. 자꾸만 지워도 되살아나는 나의 지나간 날들을 오늘도 또 지우고 있는데, 어제를 완전히 지울 수만 있다면 순전한 나만이 남으리라.

아, 살아있다는 것은 참으로 기쁜 일이다. 그 기쁨은 꼭 아픔의 크기만한 것이다. 싸우는 기쁨, 이기는 기쁨, 버리는 기쁨, 온갖 살아있는 것을 바라보는 기쁨, 영원한 생명의 고향으로 다가가는 기쁨.

초가지붕 위로 내리는 빗소리와 들녘에 몰아치는 소낙비 소리가 그립다. 그 비는 그리움과 더불어서 오늘도 종일 내 가슴속으로 쉴새없이 내리 퍼붓고 있는데, 무엇이 나를 이편에다 묶어 놓고 이렇게도 안타깝게 그리고 그 빗속을 이처럼 그립도록 만들어 놓았는가.

자화상

그 옛날 혼자서 걸어다니던 시골길에 대한 오랜 추억은 참말 아름다운 것이었다. 요즘은 근력이 모자라서 다리 아픈 생각이 먼저 들기는 하지만, 그래도 혼자 걷던 그 이상한 기분은 지금도 나의 가장 소중한 재산이 아닌가 싶다.

어릴 때는 들길 산길을 걸었고 한적한 신작로 길을 걸었고, 지금은 밀집한 빌딩숲 속을 움직이는 사람물결 속을 걷는데, 달라진 건 환경뿐이고 걷는다는 것은 마찬가지가 아닌가 싶다. 눈앞에 펼쳐지는 산과 들이며 무지개 같은 나의 장래에 관한 상상의 나래. 매일같이 걷던 이슬길 십리길은 생각할 수 있는 혼자만의 즐거운 시간이었다.

풍우가 요란한 하학길, 긴 철교를 뛰어건너던 소년시절, 그 무섭고 초조하던 기분은 지금도 잊을 수가 없다. 성난 홍수, 언제 소리쳐 울지 모를 기적 소리… 요즘도 위험스런 횡단도로를 건널 때면 번개처럼 그때의 기억이 스쳐지나가곤 한다.

길은 항상 호젓하였다. 저만치 앞서 누가 가고 있으면 웬지 든든하고 저 뒤에 따라오는 여학생이 있을 때면 웬지 흐뭇하였다. 그들은 모두 정다운 옛 친구 같고 매일 보는 나무도 매일 새롭고 정답기만 하였다.

나무들과의 이야기, 이슬맺힌 풀숲, 떠나가는 구름들과의 이야기, 그것은 매일같이 되풀이되지만 언제나 샘솟듯 그칠새 없는 이야기이며 지금도 생각나는데, 나의 지금까지의 생애 가운데서 가장 초록빛 나는 아름다운 추억이 아니었던가 싶다.

나는 지금 그림을 그리면서도 생각하고 조각을 하면서도 생각한다. 그것은 비단 이 조각이 어떻게 하면 더 잘될까 하는 생각뿐만 아니라 세상에 관한 일과 역사에 관한 일과 그리고 또 나의 가족들에 관한 일들, 별의별 일이 생각난다. 데카르트가 말하였던가. "나는 생각하는 고로 존재한다."

행위라는 것은 생각의 한 단면이 표출된 것이 아닌가 싶다. 적어도 나의 형태에 있어 그것은 나의 전부는 아니라고 생각된다. 희대의 대가들은 그의 전신을 녹여 형상

지우는 것인지는 몰라도 나의 경우 생각의 일단이 표출된 상태일 뿐이며, 그러므로 변명이란 여지도 없고 어림도 없는 것인 줄 알고 있다. 작품을 한다기보다 공부한다는 표현이 옳을 것 같고 그것은 끝이 없고 판단은 순간순간마다 하고 있지만 그것이 결론은 아니며 미해결의 장일 뿐이다. 그래서 나는 오늘도 생각하고 있는가 보다.

그림은 사람이 그리고 그 그림은 그 사람됨만큼만 그려진다. 좋은 사람은 좋은 그림을 그리고 훌륭한 사람은 훌륭한 그림을 그리는데, 훌륭한 그림을 그린 사람은 그가 누구였든지간에 훌륭한 사람임에 틀림없다.

명작은 그 시대 사상이 집약적으로 표현된 것이고 그것을 그린 사람은 그 시대의 대표자이다. 그의 한 작품을 분석해 보면 그 시대 전체와 또 그때까지의 세계사가 다 거기 들어 있음을 알 수 있다. 그렇기 때문에 작가는 투철한 견식이 절대로 필요하며 역사를 보는 눈, 현실을 보는 눈이 확실해야 하며, 삐뚤어진 사관(史觀) 속에서 바르고 훌륭한 그림이 나올 수가 없는 것이다.

먼저 비판이 있고 그리고 선택이 있다. 그리하여 선택된 바대로 행동하며 선택의 과정이 없는 행위가 있을 수도 없지만 모호하고 무책임한 행위는 언젠가 역사로부터 소외되기 마련이다. 오직 바르고 확실한 것만이 중요하며, 궤변이 일시적으로 사람들을 납득시킬 수 있을는지 모르지만 길고 긴 세월 앞에 그것은 얼마나 작은 오만인가.

지금은 방안에서 생각하는 이런 단상(斷想)이 어딘지 섭섭하여 어린 날의 그 청정한 풍경들의 꿈을 꾸다가, 문득 아침햇살에 눈을 닦고 다시금 고향가는 길을 바라보며 거리를 누비고 군중 속을 헤치고 나는 걷는다.

과거를 소요하기도 하며 미래를 넘나들기도 하며 한 발자국이 고달픈 현재에 서서 그래도 나는 그 어린 날이 그립기만하다.

나무들과의 이야기, 이슬맺힌 풀숲, 흐르는 물, 떠나가는 구름들과의 이야기, 그것은 매일같이 되풀이되지만 언제나 샘솟듯 그칠새 없는 이야기이며 지금도 생각난다. 나의 지금까지의 생애 가운데서도 가장 초록빛으로 빛나는 추억.

생각해도 생각해도 자꾸만 살아나는 지나간 나의 풍경은 나와 무슨 큰 상관이 있길래 이렇게도 자꾸만 따라다니는가.

버릇과 靈感

나에게 버릇이 있다면 파스텔 그림을 그리면서 일어나는 문제이다. 이쁜 색깔을 칠해 놓고서도 그것을 그냥 두지를 못하고 손으로 문질러야 직성이 풀린다. 번번이 그렇다. 그래서 나는 고운 파스텔보다 거칠고 단단한 것이 체질에 어울린다고 생각하게 되었다. 분말이 거친 재료일수록 종이 위에서 문지르면 발색이 용이하기 때문이다. 오일 파스텔의 경우도 그렇다. 겹쳐 칠하고 칼로 긁어 보고 또 종이를 문질러 보고 한참을 씨름을 해서 체력이 소모돼야 어쨌든 철수를 하게 된다. 나는 그것이 흙을 주무르는 데서 오는 습관적인 작용이 아닌가 싶다. 나는 그림을 그리는 데 있어서 철저하게 회화성을 추구하지만, 무의식중에 조각하는 데서 생긴 촉각성의 즐거움을 향유하려는 욕구가 작용하는 것으로 생각된다. 사실 그림에서 촉각성을 배제할 수는 없는 것이 아닌가.

나의 영감에 대해 말하라면, 솔직이 나는 일을 할 적에 영감 같은 것을 받아 보지를 못하였다. 그래서 영감이란 것이 무엇인지 알지를 못한다. 흔히들 예술가란 일반사람들하고 다른 어떤 특수한 경험을 한다고 생각하는 수가 많고 실제 나도 그런 질문을 많이 받는다. 그런데 사실 영감을 얻어본 일이 없으니 어쩌랴.

나는 느낌 따라 일하고 생각 따라 일하고 할 뿐이지 외부로부터 어떤 계시 같은 것을 받아 본 일은 더더구나 없다. 마음을 가라앉히면 머리가 움직이고 형상들이 정리되어 자리를 잡는데, 그것을 행동으로 옮기기도 하고 때론 지나쳐 잊어버리기도 한다. 그런 것의 연속일 뿐이다. 젊어서는 나도 영감 같은 것이 오기를 많이도 기다려 보았는데 그런 혜택이란 게 없었다.

그래서 지금은 기대하지도 않고 단지 나의 분수만큼만 일하고 더 욕심내지도 않는다. 흘러들어오는 것을 형상지워 밖으로 흘려내보내는 것일 뿐.

제 2 부

美의 탐색자들, 그 아름다운 예술혼

心汕 선생의 가심을 아파하며

우리의 근세 민족수난사의 산 증인이시고 우리 화단의 대원로이신 심산(心汕) 노수현(盧壽鉉) 선생이 지난 9월 6일 제주도에서 휴양중 갑자기 타계하셨다. 유해로 변모되어 그날 저녁 김포로 돌아오셔서, 몇 분 교수들과 나는 비행장에서 그분의 마지막 길을 지켜보게 되었다. 너무도 한산한 마중이어서 그랬는지 스산한 밤공기와 더불어 어쩐지 가슴이 저리고 아파오는 것을 어쩔 수가 없었다. 나는 평소 그분을 별로 가까이 모셔본 적은 없었지만 그래도 늘 존경하고 있었고 그의 생애에 대해서 주의깊게 관심가졌던 것은 사실이었다.

삼일운동 얼마 후였던가. 조선사람 미술인들끼리 모여 서화협회를 조직하고 그 첫 전람회를 휘문중학교 강당에서 열었는데, 그 충격이 크자 일본인들이 안 되겠다 생각했는지 다음해에 급히 조선총독부 미술전람회(鮮展)란 걸 만들었다.

그로부터 1937년경 서화협회전이 행사를 못하게 될 때까지 두 개의 큰 전람회가 서울에서 열리고 있었는데, 선전은 우리의 민족정신을 분열시켜서 일본정신을 고취시키는 데 진효한 식민지적 문화정책의 일환이었다. 선전 초창기에는 조선인 유지와 미술가들을 모두 참가시키더니 해가 거듭됨에 따라서 일본인들이 점차 주도하게 되었다. 또 심산을 비롯해서 고희동(高羲東), 변관식(卞寬植), 허백련(許百鍊), 박승무(朴勝武) 등이 차츰 이탈하기 시작해서 우리 화단은 재미나는 판도를 형성하기에 이르렀다. 어떤 이들은 서화협회전에만 출품하고 선전은 사퇴하고, 어떤 이들은 서화협회전에는 아예 참가를 하지 않고 선전에만 참여하여 명성을 떨쳤으며, 어떤 이들은 양쪽에 모두 참가하였다. 선전에 입선하고 특선하면 범국가적으로 대단한 명성을 얻는데, 서화협회전에는 출품을 한다 해도 그런 혜택도 없고 또 초라한 모임일 뿐이니, 양쪽을 내는 이들도 서화협회전에는 체면상 참가하고 선전에 역작들을 출품하는 일이 많았던 것 같다. 그 당시 윤희순 씨가 신문에 쓴 평문을 보아도 매우 심각한 문제가 아니었던가 짐작이 간다.

나는 몇 해 전 언젠가 문득 생각이 나서 식민지시대에 우리 미술인들이 어떻게 살았는가에 대해서 관심갖고 각종 자료를 들추어 그것을 정리해서 글을 써 보고자 한 일이 있었다. 해방이 되고 삼십년이 지났는데도 일제 삼십육년에 대한 반성과 정리가 없다는 것은 오늘의 젊은이들을 위해서 결코 바람직하지 못하다는 것을 나는 지금도 절실히 느끼고 있다. 총독상, 창덕궁상을 받았다 해서 지금도 자랑스럽게 생각하고 그런 작품이 현대미술관에도 걸려 있는 것을 보면 어쩐지 입맛이 개운치가 않다.

한편에서는 빼앗긴 조국을 되찾겠다고 싸우다가 무수히 죽어가고, 또 제나라에서 살지도 못하고 해외로 망명하고, 청년들은 학병이다 징용이다 해서 모두 잡혀가고, 처녀들은 정신대다 해서 끌려나가고 하는 판에 그 일본사람들의 무엇이 좋다고 매달려서 미안한 마음도 없이 영화를 누렸는지. 그런 것은 아무리 좋은 각도에서 생각해 보아도 높이 사줄 만한 것은 못 될 것 같다. 서울미대가 태능에 임시로 있을 때의 일이다. 모처럼 심산 선생과 마주하는 자리가 생겨서 평소에 궁금했던 몇 가지 얘기를 선생께 물어본 적이 있다.

동아일보의 손기정 일장기(日章旗) 사건인데, 그것은 심산 자신이 지웠노라고 하였다. 그 당시 청전(青田)이 동아일보에 있고 심산은 조선일보에 있었다. 청전이 하게 되면 호되게 다치게 생겼으니까 동아일보의 체육부장과 함께 짜고 심산이 하게 되었는데, 끝까지 비밀을 서로 지키고 체육부장과 청전이 잡혀가서 혼나고 나왔노라고 하였다. 왜정 말기에는 성전(聖戰) 미술전람회에 전쟁 기록화를 그려 냈는데 그때 심산도 안 낼 수가 없어서 조그만 산수화를 한 장 냈노라고 하였다. 어떤 이는 마을에 온통 일본 깃대가 펄럭이는 작품을 하기도 하고 또 어떤 이는 비녀를 뽑아서 헌납하는 그림도 그렸다 한다. 그들이 지금 와서 하는 말이, 왜정 때 우리나라 부인네들이 비녀까지 뽑아서 바쳐야만 되는 민족의 비극적 현실을 그렸노라고 하면서 씁쓸해 하시는데, 나는 그분이 누구냐고 굳이 더 묻지는 않았다.

어려서 심전(心田) 선생으로부터 청전과 함께 사사받고 서화협회전 창립 때부터 끝날까지 같이 하셨으며, 조선총독부 미술전람회에는 초창기에 참여하시다가 일본사람들이 딴맘 먹고 운영한다는 것을 알고 이내 결별하셨으며, 왜색을 철저히 배격하고 전통 산수를 지키셨으며, 해방이 되고 한때 주춤하였던 선전 계열이 다시 국전(國展)

에 침투되기 시작하자 한탄하시고 초야에 묻혀 타협 없이 신념에 찬 장엄한 일생을 마치신 선생.

1978년 9월 8일, 서울대학병원 영결식장에서 간단한 고별식을 끝으로 벽제 뒷산 먼저 가신 부인의 산소에 화가 심산 노수현 선생은 합장되었다. 그러나 그곳이 그린벨트라나 해서 모종의 수속이 있었던 것 같은데, 국립묘지에 모실 분인데 그린벨트가 무슨 말이냐고 몇몇 선배 동창들과 가벼운 흥분을 하기도 하였다. 프랑스에서는 루오가 죽어서 또 브라크가 죽어서 국장(國葬)을 하고 보들레르의 백주기(百周期)라 해서 현직 대통령이 특별강연을 하기도 하는데, 이 사회에서 그분을 보내는 대접이 허술하였던 것이 아닌가. 그날도 그 다음날도 나는 내내 생각하였다.

사필귀정이라고 언젠가 먼 훗날 그분의 정신이 세상에 널리 펴지겠지 하는 느긋한 마음으로 나는 이 착잡한 가슴을 달래고 있다.

張旭鎭 선생의 어떤 단면

장욱진 선생에 관한 이야기는 시작도 막연하고 끝맺음 또한 막연할 것 같다. 그와 마주하고 앉으면, 서론을 접어 놓고 말이 시작되고, 끝도 없는 이야기를 하다가 도중에서 끝나 버리고 만다. 삼십년 전 그림에서 이미 끝나 버린 것 같다는 생각을 했었는데, 팔십을 바라보는 지금 그는 시작과 같은 그림을 그리고 있다. 나는 장욱진 선생의 젊은 시절의 모습을 상상할 수가 없다. 노상 만나 왔기 때문인지 현재의 얼굴만이 보이고 있다. 현재의 기상이 나를 사로잡고 있어서 과거에로 생각을 진행시킬 수가 없는 것이다. 얼마 전 성모병원에서 그를 만났을 때 늙었구나 하고 세월의 무상함을 실감했다. 그러나 한편 생각해 보면 그는 옛날에도 늙어 있었다는 착각을 일으키게 되는 것이다. 이십 일 동안에 청하(靑河)를 마흔 병이나 드셨다니 그건 또 젊은 사람들의 행장이 아닌가. 장욱진 선생하고 만나면 시간이라는 개념이 날아가 버리고 만다. 이야기는 결론부터 시작되고 그게 또한 시작이다.

이십여년 전의 일이었다. 오래간만에 몇몇 친구들이 장선생을 모시고 혜화동 로타리에서 회동키로 되어 있었다. 나서다 보니 너무 시간이 일러서 나는 선생 댁으로 먼저 들렀다. 이런저런 이야기를 하다가 묘하게도 살림살이 문제가 얘기되었다. 무심코 월급의 높낮음에 대한 말을 한 것 같다. 그럭저럭 시간이 되어 술상 앞에 여럿이 앉게 되었다. 한 잔을 드시더니 "비교하지 말라!" 하고 벽력같이 소리치는 것이었다. 그리고 계속이었다. 다른 친구들은 무슨 영문인지 아무도 짐작하지 못했을 것이다. 나 혼자만이 그 말의 뜻을 알고 있었다. 장장 서너 시간을 계속하였는데, 그러는 가운데 모두가 대취하고 말았다.

듣다듣다 나중에는 화가 단단히 났지만 틀린 말씀이 한마디도 없어 어떻게 항거할 수가 없었다. 나는 나로서 족한 것이지 왜 남하고 비교하는가. 그래서 갈등이 생기고 열등의식이 생기고 자아가 망가진다. 그림이란 무엇인가. 결국 자아의 순수한 발현이어야 하지 않는가. 비교하다 보면 절충이 될 뿐이다. 누구의 그림이 좋다 하여 그것을 부러워하여 내가 그렇게 그리고자 한다면 그게 어디 그림인가. 자존심을 가져야 할 것이다. 남에 대해서 인정할 것은 다 인정하고 자기는 자기로서 독립할 수가 있어야 한다. 예속된다는 것은 자아의 상실이다. 너를 찾고 너를 지켜라. 자유에로 가는 길이 거기에 있다.

물론 장욱진 선생은 그런 스타일로 말씀하시지 않는다. 선문답하듯이 단편적인 외마디 소리뿐이었지만 그것을 지금 풀어 보자면 위와같은 이야기가 되지 않을까 싶다. 비교하지 말라. 그는 비교라는 말조차 싫어했다. 그것은 그의 그림을 생각해 보면 금방 이해할 수 있다. 그는 일찌기 서구의 미술사조에서 이탈하였다. 아마도 장선생은 그 무렵 대단한 결심을 하였을 것이다. 언제부터 그렇게 하셨느냐고 물어본 적이 있었는데, 동경 시절에 학교에서는 학교 그림을 그리고 하숙집에 와서는 자기 생각을 그렸다고 하였다. 남북전쟁의 끝무렵 〈장독과 까치〉란 그림이 있었는데 사십년대말쯤 이미 소위 장욱진의 그림이 탄생한 것이다. 그런 선각자였으니 오죽이나 많은 고뇌를 하였으랴. 그래서 그런 내심의 사정이 돌출구를 만나서 총알처럼 쏟아져 나온 것이다. 그 화살을 하필이면 내가 맞게 된 것이다.

내가 미술대학 재학시 어느 여름방학 때가 아니었던가 싶은데, 선생이 반도화랑에서 개인전을 하고 있었다. 시골에서 기차를 타고 서울에 와서 전시장엘 들렀더니 마침 계셔서 만날 수가 있었다. 보자마자 나가자 하는 것이었다. 골목길 대폿집으로 갔다. 일본사람이 자꾸 졸라서 한 장 팔았는데 한잔 하자는 것이었다. 내가 장욱진 선생을 만날 때는 술상 없는 날이 드물었다. 혜화동 시절에는 으레 공주집으로 달려간다. 그냥 뵙고 싶어서 발길이 가는 것이지만 나는 항상 무슨 말씀을 듣고자 하는 자세로 있었다. 선생도 그렇고 또 나도 그런데 인사라는 게 없다. 장욱진 선생은 한모금 들고서야 말을 시작한다. 인사 대신에 첫마디부터 공격이다. 죄다 기억하리라 마음 먹어도 듣다 보면 어느새 나도 취해 버려서 다음날 생각해 보면 무슨 말씀이었는지 하나도 기억해낼 수가 없는 것이다. 아마도 나처럼 많이 혼나본 사람도 드물 것이다. 나는 늘 혼자서 찾아 다녔기 때문에 공격의 화살을 혼자 받을 수밖에 없었다. 옆에 누군가 한 사람이라도 있으면 화살을 나누어 받을텐데. 처음 만나는 사람들은 당황해서 저런 사람도 있나 하고들 생각한다. 나는 오랜 기간 단련이 되다 보니 이젠 아무렇지도 않게 되었다. 그래서 밖에서 엔간한 욕쯤 들어도 괜찮은데 선생으로부터 워낙 단련이 되어서 그런 것이다. 나는 이 나이 되도록 장욱진 선생을 수없이 만났지만 무슨 용건을 가지고 뵌 일은 단 한번도 없었다. 그렇기 때문에 이야기의 시작이 없고 항상 끝 또한 없는 것이다.

한번은 이런 일도 있었다. 선생이 한창 매직 그림을 그릴 때였다. 한뭉치를 그려 놓고 보라 하시면서 한 장 가지라는 것이었다. 그러면서 하시는 말씀이 동학사엘 몇 번 갔었는데 갈 때마다 비가 온다. 그런 이야기였다. 나는 그때 어찌나 우스웠든지 체면불구하고 배를 쥐고 웃었다. 구름이 몰리다 보면 비가 되는데, 용은 구름을 몰고 다닌다는 말이 있다. 그러니 자기가 용과 같다는 말씀이 아닌가. 장욱진 선생의 말을 듣고 있노라면 어디까지가 농담이고 어디까지가 진담인지 알 수가 없다. 자기 이야기를 하고 있는 것인지 나를 염두에 두고 하는 것인지도 분간하기가 어렵다. 자기독백인지 나를 혼내는 것인지 종잡기가 어려운 것이다. 지금 생각해 보면 대부분 자기독백이었을 것 같다. 자기 얘기를 하기에도 창창한 것인데 어찌 남의 얘기까지 생각해서 하랴. 장욱진 선생은 남의 얘기하는 법이 별로 없다. 그는 사무적인 얘기를 싫어하였다. 체질적으로 어울리지 않았다. 부득이 필요할 때가 있는데 그럴 때면 얼른 끝내고 먼지 털 듯이 이내 황당무계한 세계로 도망친다.

나에게 잊지 못할 몇 분의 스승이 있다. 이동훈 선생은 황소이고 김종영 선생은 학이고 장욱진 선생은 용상(龍像)이라고 생각된다. 근면 소박한 이동훈 선생, 청렴고고한 김종영 선생, 자유분방한 장욱진 선생. 나는 그런 스승들을 만날 수 있었던 것에 감사하고 있다.

전원이 그리워 선생은 항상 밖으로 뛰쳐나갔다. 도시가 시끄러워서 견디기가 어렵다는 것이다. 덕소로 갔다가 거기가 번화해지니까 돌아오고 수안보 깊은 마을로 갔다가 또 돌아왔다. 그리고 이제는 신갈 쪽으로 자리를 잡았다. 19세기의 프랑스였더라면 고갱처럼 타이티로 도망쳤을는지도 모른다. 그러나 장욱진 선생은 숙명적으로 한국을 떠날 수 없는 조건을 지니고 있다. 한국의 문제를 떠나서 선생의 세계가 성립될 수 없는 것이다. 한국의 과거 그리고 한국의 자연이 그의 고향인 것이다. 돼지, 강아지 그리고 까치들, 그가 어린 시절을 보냈던 충청도 내판의 풍경들일 것이다. 그는 아마도 개량종 짐승들을 그리지 못할 것이다. 그가 만약에 세퍼트를 그린다면, 그가 만약에 잉꼬새를 그린다면… 그것은 아마 상상도 못할 일일 것이다. 그는 참새를 그린다. 참새는 우리 조상 대대로 민중의 삶 속에서 같이 놀던 짐승이다.

장욱진 선생

덕소 시절에는 강이 그림 속으로 많이 들어왔다. 강이 있고 뒤에 산이 있고 하늘에는 새가 자주 날아갔다. 한번은 매직으로 된 그림이었는데, 하이얀 하늘에 다섯 마리의 새가 줄지어 서편으로 날아가고 있었다. 나는 장난삼아 "선생님 저게 무슨 새입니까"하고 물었다. 그는 기다렸다는 듯이 '참새지' 하였다. 그래서 내가 말을 받아서 "참새는 저렇게 열지어 날지 않던데요"라고 하였더니 선생은 '내가 시켰지' 하였다.

내가 시켰지! 나는 그 말씀이 두고 두고 잊혀지지가 않는다. 내 그림 속에서는 무엇이든지 내가 시키는 대로 해야 되는 것이 아닌가. 브랑쿠시의 유명한 절구가 생각난다. "제왕처럼 명령하고 노예처럼 일한다." 내 화면 속에서는 무엇이든지 내가 명령하는 대로 따라야 한다. 한치의 오차도 있을 수 없다. 내 화폭 앞에서는 내가 제왕인 것이다.

어쩐 일일까. 그는 꽃을 그리지 않는다. 그는 잎이 무성한 여름 나무를 그린다. 박수근은 이른 봄 몽우리지는 과수원의 꽃을 그렸다. 늦은 가을, 추운 겨울의 잎이 다 떨어진 나무를 그렸다. 같은 시대를 함께 살았으면서도 장욱진 선생은 봄 풍경이 없고 가을, 겨울 풍경이 없다. 여름 풍경뿐이다. 무더운 여름, 그 나뭇잎들 속에서 새들이 놀고 원두막 안에는 웃통을 벗어젖힌 촌부가 앉아 있다. 생명이 활활 타오르는 찬란한 여름, 그리고 여름밤의 풍경들.

그것은 낭만이라고 쉽게 넘겨짚을 일이 아닐 것 같다. 그가 말로 하지 않으려 하는 무언가 심오한 장욱진 나름의 사상에서 연유되는 것으로 보아야 하지 않을까 싶다. 그의 하늘에는 해가 많다. 가끔은 그 하늘에 달도 함께 있고 어린 시절의 세계가 현재와 분리되지 않은 채 동시적으로 살아 있다. 그에게 있어서 시간이라는 개념은 현실을 초월해 있는 것이 아닐까. 우리들이 잃어버린 원초의 꿈의 세계를 그는 지키려 하였다. 그리하여 일생을 그곳에서 고독하게 싸워서 이겨낸 승리자로서의 장욱진이 되었다. 특히 오늘날과 같이 가치가 혼돈된 세계에서는 정말 위대한 일이라고 생각된다. 장욱진 선생의 그림은 한국사람이어야만 그릴 수 있는 그림이다. 현금과 같은 국제화 시대에 있어서 지역적인 특수요인을 갖고 있다는 것이 후진적인 형태로 보여질 수도 있을 것이다. 그러나 근본적으로 생각해 보면 이런 시대일수록 특수요인을 찾아서 지킨다는 것이 중요한 문제라고 생각한다. 본원(本源)으로의 회귀, 그래서 장욱진 선생은 고독하다. 한국사람 아니면 그릴 수 없는 그림, 장욱진 아니면 그려낼 수 없는 그림, 그것이 장욱진의 그림이다. 어찌나 외곬이었던지 유사한 장욱진이 있을 수가 없는 것이다. 그는 이즈음 더더욱 고독해졌다. 철저하게 회화이면서도 세계미술사의 어디에다 비교해도 분석하기가 어렵게 되어 간다. 치열한 전투가 그의 내부에서 끊일 사이 없이 일고 있다. 치열한 정신력으로 하여 그것을 지탱한다. 화면의 긴장감이 조금도 늦춰지지 않고 있다. 얼마나 장한 일인가.

캔버스에는 물감이 최소한도로 발라진다. 그 인색함이 회화성의 아주 가장자리까지 다다르고 있다. 화면구성의 기준선에서는 벌써 떠났다. 그가 늘상 그리고 있는 나무는 나무라는 상식을 벌써 떠났다. 모든것이 상징성으로만 남아 있다. 앞으로 어떻게 갈 것인가. 그러나 장욱진 선생의 숙명은 캔버스에서 떠날 수가 없는 데에 있다. 그러면서도 그는 캔버스의 가장자리에서 떠날까 말까 하는 형국으로 앉아 있다. 근년에 앓던 술바람이 그를 찾아 왔다. 그림이 안 풀린다는 것이다. 그리하여 그는 몸을 다치고 병상에서 "이제 그림이 좀 될 것 같다" 고 말한다. 젊은 시절 그는 '그림 그린다는 것이 정신과 육체를 소모하는 것'이라고 말하였다. 그런 면에서도 장욱진 선생은 조금도 달라진 게 없다. 그 긴장감, 그 매력, 그 위트, 그 여유… 고향산천이 지금 그대로 있는 것처럼 장욱진 선생도 그대로이다.

미술대학이 연건동에 있을 적에는 혜화동 댁이 가까와 심심하면 놀러다녔는데, 70년대 중반쯤 태능으로 이사가면서 발길이 좀 뜸해졌다. 하루는 현관벨을 눌렀더니 이내 문이 열리고 선생이 앞에 딱 버티고 서 있는 것이었다. 대낮인데 이미 대취해 있었다. 느닷없이 일갈하시는데, "너 나한테서 떠난 줄 내가 알아!" 하는 것이었다. 나는 순간 그게 무슨 뜻인지 알아차렸다. 왜 요즘 자주 안 나타났는가 하는 뜻은 물론 아니었다. 말로는 설명이 어려운 어떤 미묘한 문제가 있는데, 저분이 어떻게 내 마음 속을 들여다보았을까. 나는 당황하지 않을 수 없었다.

나에게는 두 분의 큰 스승이 있었는데 그 중 한 분이 장욱진 선생이고 또 한 분은 조각가 김종영 선생이다. 두 분 다 내가 미술대학에 입학하고 나서 만나게 되었는데, 김종영 선생은 교실에서 만나고 장욱진 선생은 교실 밖에서 만났다. 교실 안에서는 철저하게 김종영 선생을 만났고 교실 밖에서는 장욱진 선생을 철저하게 만났다. 미술대학 사년간을 그렇게 생활하였다. 졸업 후 나는 혼자서 길을 찾아나서야 했다. 참으로 막막하였다. 그럴 때 두 분은 내 앞에 말없이 서 있었다. 침범할 수 없는 거대한 모뉴망으로 항상 거기에 있었다. 말하자면 하나의 우상이었다.

두 분은 서로 달랐다. 김종영 선생은 동양을 잘 이해하면서 서구의 조형사고로 행동하였고, 장욱진 선생은 서양을 잘 이해하면서 동양적 사고로 행동하였다. 한 분은 그리스를 근간으로 하고 있고 한 분은 노장(老壯)과 불교를 근간으로 하는 동양적 사고를 지니고 있는 듯싶었다. 어찌 보면 상극인 듯도 싶은데 공통되는 점도 많았다. 그러니 저것을 어떻게 소화해야 될 것인지 막막하였다. 김종영 노선을 따르자니 장욱진의 중요함을 버릴 수가 없고 장욱진 노선을 따르자니 김종영의 중요함을 버릴 수가 없었다. 나는 그 사이에서 많은 갈등을 겪어야 했다. 술취한 사람 모양 이리 쏠렸다 저리 쏠렸다 수없이 반복하였다. 나는 싸워야 했다. 나의 길을 찾는 싸움이기도 했고, 또 그것은 두 분으로부터의 탈출을 시도하는 싸움이기도 했다. 어찌 보면 그것은 세계미술사와의 싸움이기도 했는데, 왜냐하면 두 분의 내면에는 세계미술사의 여러가지 문제가 들어 있는 것으로 보였기 때문이었다. 어떤 때 나는 이렇게 생각하였다. 자, 이제 장욱진으로부터 벗어났다. 또 어떤 때 나는 이렇게 생각하였다. 자, 이제 김종영으로부터 벗어났다. 그러나 마주하고 보면 나는 아직 두 분의 영토 속에 있는 것이었다.

"너 나한테서 떠난 걸 내가 알아." 그 말 속에는 그런 복잡한 사연이 있는 것이었다. 내가 저쪽으로 가다보면 이쪽에서의 견제가 있고 또 이쪽으로 가다보면 저쪽으로부터의 견제가 있었다. 물론 그 두 분이 실제로 견제를 하고 있었던 것은 아니라고 생각한다. 나의 내면에서 그렇게 의식이 되었다고 보아야 할 것 같다. 그런데 그때 장욱진 선생이 어떻게 그걸 알았을까. 나는 그런 사정을 입밖에 낸 적이 한번도 없었는데 말이다.

그것은 형태의 문제뿐만이 아니고 생활경영의 문제, 즉 삶 전체와 직결되는 문제였다. 나는 많은 세월을 방황하고 갈등하였다. 김종영 선생은 일생을 서울대학 교수로서 바깥으로 한발자국도 행동한 일이 없는 분이고, 장욱진 선생은 불과 몇 해만을 교직생활을 했을 뿐 일생을 야인으로 일관하였다. 그것 한 가지만 보아도 두 분의 성격이 얼마나 다른가 하는 것이 증명되고도 남음이 있을 것이다. 나는 선택을 하려 했고 그리하여 어떤 결론을 찾으려 하였다. 그러나 결론이 나질 않는 것이었다. 그걸로 해서 나의 한창 나이를 다 보냈다고 해도 과언이 아닐 정도로 많은 시간이 흘러갔다. 현실과 이상, 지역성과 국제성, 특수성과 보편성, 개체성과 총체성, 남성적인 것과 여성적인 것, 감추어진 것과 드러난 것, 동양과 서양 등 상반되는 많은 문제들에 대해서 생각하였다.

1990, choi

나이 마흔을 훨씬 넘기고서야 나는 깨달았다. 왜 내가 둘 중 하나를 버리고 하나를 선택하려 했나, 둘을 다 끌어안을 수는 없었나, 그런 생각이 나는 것이었다. 모든것은 양면성을 갖고 있다. 한 개체 안에서도 두 성격이 작용한다. 한순간에도 나는 두 가지 생각을 하고 있다. 그것이 당연한 것이 아닐까. 결국 둘을 다 수용함으로써 나는 둘로부터 자유로울 수가 있었다. 지금도 가끔 생각난다. 벨을 눌렀을 때 이내 문이 열리고 앞에 버티고 서 있는 대취한 장욱진 선생. "나한테서 떠난 걸 내가 알아!" 하시는 그 놀라운 직감력.

장욱진 선생은 수리적인 계산을 하지 않는다. 상념(想念)이 있고 거기에 회화를 접근시키려 한다. 상념은 변화하고 있다. 그의 그림은 거기에 따라가지를 못한다. 그림이 그의 상념을 따라잡았는가 했을 때 벌써 그것은 다른 데로 움직여 가고 있었다. 또 거기에 접근했는가 했을 때 그의 상념은 다른 데로 도망치고 있었다. 그리하여 장욱진 선생은 계속적으로 반복하고 있는 듯이 보인다. 사실 반복이라고 볼 수 있다. 그 길을 또 밟아서 한발자국 다른 세계로 이주하는 것이다. 그는 계속 반복하면서 조금씩 보다 깊은 세계를 향하여 들어가고 있다. 그렇기 때문에 장욱진 선생의 그림을 양식의 변화를 통해서 규명하려고 하면 무리가 생길는지도 모른다. 십년쯤 지나고 보면 진행이 보인다. 매일같이 실로 눈에 안 뜨일 만큼 조금씩 움직이고 있다. 그러면서 그는 그 일로 땀을 흘린다. 그는 직관을 우선한다. 수리적인 계산이라든지 논증이라든지 하는 문제를 뒷전으로 접어 둔다. 직관으로써의 도전이다. 그는 처음부터 뛰어가서 끝 지점에 이르러 그 벽을 일밀리미터 깨고 들어가는 것이다. 온 힘을 가다듬고 총체적으로 몰고 가서 벽에 부딪치고 그 벽을 허물어내는 것이다. 마치 망치로 암벽을 깨어 들어가는 형국과 같다 할까. 그것을 계속 반복한다. 그리하여 십년쯤의 간격을 두고 보면 그가 얼마나 진행하고 있었나 하는 것이 가시적으로 나타날 것이다. 장욱진 선생의 그림을 초기부터 시작해서 한줄로 늘어 놓고 보면 그의 아픈 나날이 역력히 보일 것이다. 그는 그렇게 하여 한결같은 일생을 살았다.

이 이야기를 하다 보니 장욱진 선생이 존경하던 노수현 선생의 일이 생각난다. 일제 말기 때의 일인데, 술먹기 대회가 있었다 한다. 노선생이 이등을 했는데 그날 저녁의 일이었다. 밤이 늦었는데 어떤 조그마한 사람이 남대문을 향하여 뛰어갔다가 우뚝 서고, 물러났다가 또 남대문을 향해서 달려갔다가 문앞에 이르러 우뚝 서기를 계속하더라는 것이었다. 하도 이상해서 파출소 순경이 불러다가 물어보니 남대문을 뛰어넘으려 한 것인데 앞에 가서 보면 너무 높고 멀리로 물러서서 바라보면 문제없을 것 같아서 그러고 있노라는 이야기였다. 그분이 바로 노수현 선생이었다. 장욱진 선생의 도전이 바로 그런 것이 아닐까 싶다. 사다리를 만들든가 하는 것이 서양적인 범례일 텐데 장욱진 선생은 정신력으로 정복하려 한다. 얼핏 무모한 것 같지만 계산이 미치지 못하는 곳을 뛰어넘는 정신의 차원이 또 있다고 믿어야 할 것 같다.

장욱진 선생은 비교적 초년기부터 자기의 어떤 특수성을 발견하고 그것을 계속 고집하였다. 그는 그 자리에서 사십년간을 자기심화의 사업에 전적으로 매진하였다. 그가 그 자리에서 끄떡 않고 앉아 있는 동안 서울의 화단에는 여러 개의 회오리 바람이 불어왔다간 어디론가 사라져갔다. 액션 바람이 있었다. 한일국교가 수립 된 뒤에 일본 바람이 있었다. 내부로부터는 민족적 민속 바람이 있었다. 미니멀 바람, 극사실 바람, 추상표현주의 바람, 민중미술 바람 등이 몰려오고 밀려가고 하는데, 그 속에서 그는 애초의 그 자리에 그냥 앉아 있었다. 바람에 흔들리지 않고 아랑곳하지도 않았지만 바람이 몰려올 적마다 그는 고독했다. 그럴 적마다 그는 옷깃을 여미고 보다 강해졌다. 바람이 그를 넘어뜨리지 못했고 그로 해서 오히려 단단해지는 것이었다. 덕소 시절 한때 그는 실로 필사의 노력으로 어떤 바람을 견디어냈다. 많은 바람을 이겨내면서 내부의 충실도가 짙어졌고 마침내 여유를 얻었다. 그는 당당하다. 그는 지금 자기 세계의 넓은 영토를 여기저기 거닐면서 유유히 소요하고 있다. 그는 아마 반쯤 신선이 되었다고 자만하고 있을는지도 모른다. 그렇게 장욱진 선생은 노년으로 갈수록 만만한 패기로 하여 스스로를 즐기고 있는 것이다.

거대한 서구미술사 앞에서 정면으로 항거할 수 있었던 장욱진, 그 그림이 어찌되었든지간에, 제삼세계권에서는 단연코 두드러진 기념비적인 존재가 장욱진 선생이다. 그의 끈질긴 정신력과 만만한 기백은 높이 정립되어야 할 것이다. 서구미술의 여러가지 문제를 받아들이기에 여념이 없었던 시기에 거기에 항거할 수 있었고, 또 그것을 형태로써 해낸 장쾌함이 있다. 화면구성하는 것이라든지, 물감 바르는 방법이라든지, 형태를 파악하는 소묘의 문제에 이르기까지, 장욱진 선생의 경우 전혀 엉뚱하게 처리되고 있다. 서구권의 방법하고는 전혀 다르다는 것을 알아볼 수 있을 것이다. 그것은 오히려 동양화의 방법에 보다 연결되어 있다. 명암도 없고 면(面)도 없고 투시법도 없고 화면분할도 없고, 그리하여 마치 어린이가 사물을 파악하는 것과 유사하게 보인다. 비례감각과 공간감각 등이, 굳이 미술사에 접목시켜 보고자 한다면, 원시미술이나 한국의 민화쪽에 그 뿌리를 두고 있지 않을까 싶다. 그런 모든것을 장욱진 선생은 참으로 오묘하게 특이한 방법으로 성공하였다. 그러노라고 장욱진 선생은 많은 까다로운 생각을 했고 또 그것을 추진하느라 오늘도 땀을 흘리고 있다. 장욱진 선생의 그림은 아이들도 보고 즐겁다고 한다. 생각할 시간을 갖기에 앞서 우선 즐겁게 전달되는 것이다. 공감대가 형성되는 것이다. 나도 저렇게 생각했다든가 마치 내가 그린 것 같다는 이상한 쾌감을 느끼는 것이다. 그 그림을 그리는 장욱진 선생은 까다롭고 까다로운 생각으로 진땀을 빼는데, 보는 사람은 너무도 쉽게 독해(讀解)해 버리고 만다. 누구든지 장욱진 선생의 그림을 보는 순간 저 그림은 나도 잘 안다고 생각한다. 선생의 그림이 갖고 있는 또 하나의 진기한 면인 것이다. 현대의 그림이 가지고 있는 일반적인 함정, 즉 난해한 문제에서 그는 제외되고 있다. 그것 또한 매우 중요한 무엇인가를 시사해 주고 있다. 그림은 그렇게 까다롭고 알기 어렵게 되어야만 하는가. 그림을 그리는 사람은 까다로운 많은 것을 겪어야 하는 것이지만 그림 자체는 쉬워야 할 것 같다. 진리는 간단하다. 그것을 터득하기까지는 한없이 어렵다. 하나 알고 보면 간단한 것이라고 한다. 누구든지 당연하다고 생각한다. 나는 쉬운 그림을 그리고 싶다는 생각을 늘 하고 있다. 많은 이야기를 담고자 할수록 그림은 간단해지는 것 같다. 그것이 사람들의 감정에 쉽게 유통한다. 마치 가족들을 보는 것처럼. 이웃 사람들을 만나는 것처럼. 그리고 늘 보는 풍경들이 펼쳐진 것처럼 거리감이 없고 부담감이 없다. 그림이란 것은 그 양태(樣態)가 어떤 모습으로 되었든지간에 결국 자연과 동질의 것이 아닐까. 자연은 모든것이 신비하고 경이로우며, 결코 요란스럽지 않고 당연하게 보인다. 그림은 인위적인 것이면서도 그것이 자연의 핵에 연결되면 새로운 자연으로서의 힘을 얻는다. 그것은 요란스러울 수가 없다.

장욱진 선생의 경우 그의 예술은 종교와 매우 인접해 있다. 회화를 종교로 생활하고 있는 듯이 보인다. 갈수록 자유롭고 깊어지며 평화로와진다. 근원(根源)을 향해서 계속 진행하고 있는 듯싶다. 그래서 그는 정지해 있을 수가 없는 것이다. 그에게 있어 진행의 중단은 곧 죽음을 의미하는 것인지도 모른다. 그는 그침없는 길을 가야 하고 그래서 고단하면서도 가산되는 즐거움으로 해서 하루를 유지한다. 그는 종국의 어떤 것을 믿을 필요가 없을는지도 모른다. 하루의 진행으로 족하다 생각할 것이다. 근간의 예술은 종교로부터 분리되어 있다. 장욱진 선생은 분리되기 이전의 세계를 살고 있다. 어쩌면 그것은 분리된 다음의 세계인지도 모른다. 나는 그렇게 믿고 있다. 분리되

기 이전으로 돌아가는 것. 역행의 고통을 딛고서 그는 자유롭다. 역행이야말로 근원을 찾는 지름길인지도 모른다.

장욱진 선생의 예술세계는 선(善)의 문제로부터 분리되지 않는다. 예술이 종교로부터 떨어져 나올 때 미(美)가 선으로부터도 분리되었다. 그런 것을 잘 알고 있는 선생이 어찌해서 미와 선을 합치는 고전적인 예술관을 갖게 되었는지 알 수가 없다. 아마도 그의 체질과 우선 상관되는 게 아닌가 생각해 본다. 옛날의 미학은 동서를 막론하고 미 속에 선이 있고 선 속에는 미를 포함하고 있다고 믿었다. 근대의 서구미술은 미 속에서 선을 지워 버렸는데, 공(功)도 있지만 과(過)도 있다고 보여진다. 장욱진 선생의 그림에는 착한 짐승들, 착한 사람들만 등장하고 있다. 아주 초기의 그림들로부터 지금에 이르기까지 일관한 맥을 이루고 있다. 옛날에는 순진무구한 사람들의 얼굴이던 것이 나이가 들어감에 따라 속이 밝은 얼굴로 변모하고 있다. 밀레도 반 고흐도 좋은 사람을 그리고자 했는데,그래서 농사하는 사람이 되었고 일하는 촌부가 되었다. 장욱진 선생의 화면에 나타나 있는 사람들은 모두가 법이 없어도 잘 살 사람들이다. 그 표정들을 단순한 필법으로 용케도 찾아 표현한다. 약고 교활하며 어깨에 힘주는 사람들을 그는 그리지 않는다. 지위가 높은 사람, 고민스러운 사람들을 그는 그리지 않는다. 미와 선을 한통으로 보는 고전적 예술관으로 하여 그렇게 되는 것이 아닐까 싶다. 그것이 그가 일생 동안 추구한 삶의 형태, 그 자체이기도 하였다.

장욱진 선생은 기행 기담들을 많이도 만들었다. 주변 사람들이 모여서 한번 얘기가 시작되면 할 얘기들이 많아서 차례 기다리기가 어려울 지경이다. 그는 그렇게 하여 사람들을 즐겁게 하였다. 그는 이제 큰 나무가 되었다. 수많은 가지에 갖가지 열매들이 주렁주렁 매달려 있다. 그 풍경은 참으로 보기에 좋다. "나는 심플하다." 한잔 술이 들어가면 수도 없이 외쳐댔던 그 말들을 이제는 잊으셨나, 아니면 심플마저 졸업을 하셨나, 장욱진 선생은 요즘 적당히 웃는 것으로 말을 대신한다. 그와 마주앉으면 나도 속으로 말을 한다. 그것으로도 충분히 즐겁다. 그는 언젠가 이런 말을 하였다.

"나의 제작 과정에 있어서 그리는 행위는 즐겁다. 그러나 정리하여 가는 데는 큰 고통이 따르는 법이다. 역설적인 말 같기는 하나 이러한 과정이 나에게 또한 무한히 즐거운 순간순간을 마련해 준다. 나는 고요와 고독 속에서 그림을 그린다. 자기를 한곳에 몰아세워 놓고 감각을 다스려 정신을 집중해야 한다. 아무것도 욕망과 불신과

배타적 감정 등을 대수롭지 않게 하며 괴로움의 눈물을 간직한 것이다. 뒷산 나무들이 흔들리는 소리가 들린다. 강바람이 나의 전신을 시원하게 씻어 준다. 석양의 정적이 저멀리 산기슭을 타고 내려와 수면을 쓰다듬기 시작한다. 저멀리 놀이 지고 머지않아 달이 뜰 것이다.

나는 이런 시간의 쓸쓸함을 적막한 자연과 누릴 수 있게 마련해 준 미지의 배려에 감사한다. 내일은 마음을 모아 그림을 그려야겠다. 무엇인가 그릴 수 있을 것 같다."

정직 그리고 큰 소박

화가 李東勳 선생을 회상하며

화가 이동훈 선생, 그는 1903년 평북에서 태어나 의주 농업학교를 마치고 일본에 건너가 구마오까(態岡) 화실에서 얼마간 사숙하고 돌아와 서울에서는 국민학교 교사직을 맡았었다. 선전(鮮展)에는 십 회 때부터 출품하였는데 그림수업은 독학이었다고 볼 수 있다. 해방이 되던 해에 대전으로 이주하였는데, 그곳에서 중학교 교사로서 교감 교장직도 마다하고 평교사로서 정년을 맞고, 그후 다시 서울로 옮겨와 세종대학의 강사직을 수락하고 평생을 교직에서 학생들과 함께 그림과 함께 고집스러운 삶을 엮은 유별난 예술가였다. 전원 풍경을 사랑하고 그 속에다 수많은 소들을 그려넣었으며, 도시생활을 하면서도 끊임없이 시골을 찾아 사랑스러운 나무들, 산들, 강과 구름들을 그리며 단정한 화면을 성숙시키고, 오늘도 그림 그리러 나가야지 하며 친구를 찾는 노화가였다. 누가 좀 동행해 주기를 안타깝게 찾으면서 늙어 갔으며, 눈오는 겨울, 문 밖의 풍경을 바라보러 아파트 현관에 나갔다가 넘어져 이내 일어서지 못하고 평생 사랑하던 풍경들의 환상 속에서 1984년 5월 25일 임종을 맞아 충청남도 계룡산 기슭, 그가 늘 과수원을 그리던 근방의 산에 묻혔다. 이동훈 선생. 20세기 초엽에 태어나 서구의 문명을 접하고 전통과 외래문화와의 갈등을 극복하여 그의 예술세계를 꽃피웠다. 그리고 그에게는 사라져가는 이 엄숙한 역사 앞에서 무언가 인생의 뜻을 되새기게 하는 숭엄함이 있다.

이동훈 선생은 세정(世情)의 일에는 관심갖지 않고 오직 그림 그리고 학생들 가르치는 일에만 골몰하였다. 그는 일생의 마지막을 그가 평생 몸바친 교육 현장과 그림세계의 환상 속에서 거두었다. 그림 그리러 나가야지. 웬 사람들이 저리들 많이 걸어다니는가. 학생을 가르치러 가야지. 수업시간이 되었는데. 보리밭이다, 보리밭. 보리가 자라고 있다. 소다, 저 소를 잡아서 학생들에게 먹여라. 손을 씻겨 주면 그것이 종이나 캔버스로 보여 여기다 그림을 그려야지 하고 되뇌이면서 감격하고 있었다. 얼마나

이동훈 선생

절실한 일생이었길래 그런 아름다운 꿈을 보게 되었을까.

끝없이 펼쳐진 보리밭, 첩첩한 산들, 풀밭 사이로 흐르는 강, 소들이 논다. 아, 아름다운 하늘, 구름들, 저 아름다운 자연은 그의 벗이다. 복숭아꽃피는 과수원, 계곡에 흐르는 물, 평화스런 목장… 그런 환상이었을 것이다.

내가 이동훈 선생을 만난 것은 1947년 중학교 이학년 때였다. 어느 초여름이었던가 운동장에서 풍경을 그렸는데 다음날 학교에 가보니 교실 뒷벽에 내 그림이 붙어 있었다. 그것이 나의 시작이었다. 그날 아침에 나의 인생은 방향이 잡히고 말았다. 나에게는 더할 수 없는 행운이었고 그 뒤 나는 그분 밑에서 오년간 그림공부를 하게 되었다. 오랜 시간이 지나서 나는 그 만남이 얼마나 중요한 사건이었던가를 깨닫게 되었는데 그 고마움을 어찌 다 말로 표현하랴. 당시 학교를 중심으로 반경 십리를 사생(寫生)해 보지 않은 곳이 없는데, 지금 생각해 보면 그 모든 풍경들은 바로 선생의 그림세계였고 나는 그 속을 허둥대며 찾아헤맸던 것 같다.

선생이 동학사 계곡을 그릴 무렵 꾸르베 생각을 많이 하였다. 그 뒤 꽃피는 마을 풍경을 그릴 때는 보나르 생각을 많이 하였으며, 내가 미술대학을 다닐 무렵(육이오 당시)에는 마티스의 단순하고 고운 화면을 좋아하였는데 굵은 선들이 등장하는 것도 그때부터였다. 농촌의 평화스런 풍경을 그릴 때는 밀레의 영향을 배제할 수 없을 것 같다. 그래서 밀레, 꾸르베로 해서 마네, 보나르의 인상파를 거쳐서 마티스의 문제로 오래 고민하다가 세잔느의 구조로 다시 귀착하고, 그 뒤 그는 서양미술사의 판도에서 점점 멀어지면서 단정하고 침착하며 구도적인 자기세계로 침잠하여 갔다.

밀레와의 관계로 치면 그는 농촌화가였으며, 꾸르베와는 대상에 철저한 작가, 인상파와의 관계로는 색채화가였으며, 마티스의 단순성, 세잔느의 회화이론을 소화하면서 이동훈 선생은 그 어느 것 하나도 버리지 않고, 그러면서 자기의 독특한 세계를 형성해 나가고 있다. 그는 사실에서부터 시작해서 이동훈 특유의 형식을 창출하고 있었다. 맑고 투명하며 고요하고 단정하며 따뜻하고 소박한 골격이 강한 형식을 이룩하였다. 만년으로 올수록 그것은 더욱 두드러지고 있는데 형언할 수 없이 야릇한 휴머니즘으로 가득 찬 애정어린 자연을 만들어 나가고 있었다. 그것이 바로 선생의 남다른 길이었다.

이동훈 선생은 물감을 칠한다기보다 바르는 방법을 쓰고 있었다. 그는 맥질을 하듯이 물감을 바르며 천천히 전체를 계산하면서 바둑 두듯이 묻혀 나간다. 그는 그림을 매우 더디게 그렸는데 답답할이만큼 조심스러운 운필이었다. 그는 사생을 하되 사생으로 그치지 않고 집에 돌아와서 화면을 재조직하여 생략하며 다시 만든다. 그런 그의 오랜 습성으로 인하여 회화의 양식이 만들어져 갔다. 그는 속성으로 그리는 예가 없고 한장한장 긴 시간을 필요로 하였다. 그는 그린다기보다 조각적 방법으로 만들어 나간다. 그는 붓으로 화면을 그려 나간다. 구석구석 애정을 가지고 두루 살피며 어루만지면서 배열하고 질서잡으면서 회화의 이상을 실현하고자 하였다. 끊임없이 반복하고 자세를 가누면서 항상 원점에서 시작하는 것 같았다. 그는 현실과의 대면에서 끝까지 이탈하지는 않지만 그가 도달한 곳은 현실에서 멀리 떨어진 새로운 현실이었다. 그는 그의 무야심성(無野心性)으로 하여 성공적인 양식을 만들게 된 것이 아닌가 싶다. 그는 팔십년의 정직한 착실성으로 하여 마침내 하나의 세계를 만들었다. 그의 그렇게 고독한 일생은 회화에의 양심적인 집념 때문이 아니었던가 싶다. 후회하지 않는 순직한 대결, 어린이와 같은 진심, 회화에의 사랑, 그런 그의 진솔한 양심이 고독과 더불어서 나무가 자라듯이 외딴 곳에서 소리없이 자랐던 것이다. 너무나도 소박한, 너무나도 고요한 저 태초의 세계를 보라. 화가와 그림이 완전히 한덩어리가 되어 바위처럼 우뚝한 저 이동훈 선생의 자연을. 선생은 화면 속의 한점 구름으로 또는 한 산언덕으로 또는 바다의 모습으로 거기에 있다. 그는 자신을 전적으로 화면에 투영하였다. 이제 인간 이동훈 선생은 가고 그림만 남았다. 참으로 애틋한 변신이다.

그의 인간적 특성은 완고한 도덕성에 있다. 그가 일찍부터 국제도덕협회 회원으로 마지막까지 신앙을 지켜온 것만 보아도 간단히 짐작할 수 있지만 생활에 있어 철저하게 자기규범이 있었다. 그림의 완고성도 그런 심성에서 연유된다고 보아야 할 것이다. 그는 아마도 작업을 도(道)의 실현으로 보았던 것이 아닐까 싶다. 도덕과 예술이 분리된 오늘날과 같은 시대에 마치 중세기의 장인들처럼 현세적인 영욕을 초개같이 버리고, 보이기 위한 예술이 아닌 자기를 비추어 보기 위한 거울 같은 예술, 자기실현을 위한 예술을 하고 있었다. 그는 세상사에 너무하다 할만큼 철저하면서도 그것이 자기의 임무와 사명에 한해서뿐이고 그 밖의 일에 대해서는 도사처럼 무관하였다.

그는 도시를 그리지 않았다. 극히 적은 양의 정물들을 빼놓고는 모두가 풍경이었는데 그것도 전원 풍경이 전부였다. 풍경 속에는 짐승들이 많이 등장하는데 대표적인 것은 농촌의 소다. 쉬고 있는 소, 아마도 그것은 대전으로 내려가 살면서부터 본격화된 것 같다. 충청도 지역은 어디를 가나 소가 많았다.

산등성이와 야산이 펼쳐진 그런 전원 속의 소들은 사람과 함께 생활하고 있었다. 선생의 도덕주의적인 성품과 소와의 관계는 음미할 만한 가치가 있다고 생각된다. 그 근면성, 순종성, 큰 눈망울, 늠름한 골격, 그런 여러가지가 선생과 많이도 닮아 있다. 한때는 '소의 화가'라고도 일컬어질 정도로 그의 화면에는 소가 많이 등장하였다. 그는 소처럼 일하고 작업에 전념할 뿐 보상에는 크게 관심갖지 않았다. 단지 그에게 주어진 일에 순명하고 끝도 없는 완성의 길에 성실할 뿐이었다.

그의 그림에는 걸러져서 금욕적인, 그런 표백된 모습이 있다. 타고난 성품이기도 하려니와 그것을 밀고 나가려는 일생에 걸친 노력의 결과이기도 하다. 특히 말년의 꽉 짜인 화면은 바로 그런 인격의 표출이라고 보여진다. 그는 순간적인 감정을 배제하였다. 그리고 바위같이 육중한 골조로 구축적인 형태를 만들었다. 오직 무구한 시성(詩性)으로 자연을 스승삼고 감성의 메시지를 벽돌 쌓듯이 조직하여 여과하였다. 그리고 그 여과의 시간이 길기 때문에 현실로부터의 거리감이 생긴다. 이동훈 선생의 그림은 가장 현실적이면서도 실재(實在)의 자연과는 먼 거리를 갖는다. 그것은 창조적 순결성, 시적 무구성에서 오는 것일까.

그는 사소한 불미(不美)의 침투에도 즉각적으로 반발하며 불순결의 서식을 규제하였다. 그리하여 불순명(不純明)의 것들은 그의 창조에의 열망과 계시의 빛에 의해서 순화되어 낭낭한 화면으로 진행된다. 그런 면에서 그는 예술가로서의 생리를 타고난 사람이 아니었던가 싶다. 미를 향해서 꿈에 그리는 풍경을 만들고자 서두르지 않는 걸음으로 모든것을 여과시켰고, 그리고 죽음의 문턱에서 그가 못다 한 일들의 환상을 보며 눈을 감았다. 그 에너지의 여력이 그에게 환상을 보여준 것이다. 아름다운 환상, 그는 감격하며 후회롭지 않은 영광의 과거와 미래를 보았을 것이다.

그러나 그는 형식미의 탐구, 미에의 향유를 위해서 일념하였다고는 볼 수 없다. 현실과 이상의 기로에서 중도의 길을 택해 이성의 방종과 감성의 무절제를 한곳으로 수용하여 다스렸다. 겸허하게 자연을 사랑하고 시적 지각에 힘입어 그것을 내면에로 포용하고 있다. 낭만도 다스리며 야성도 다스렸다. 지적(知的) 유희나 매너리즘도 그에게는 없다. 추상회화가 자연과의 내밀한 관계를 상실하고 공허한 관념에로 빠지려 할 때, 구상회화가 외모에만 반하여 시적이고 생명적인 원천에서 이탈하려고 할 때, 그는 양쪽의 함정을 직시하고 외로운 길을 선택한 것이었다. 그는 주저주저하면서도 확고하게 자신의 입장을 표명하고 창조적 독자성을 주장하였다. 그는 자연에서 출발하고 끝까지 자연에 충실, 대담한 변형 또는 왜곡으로 재구성하고 회화적 생명성을 지켜 나갔다. 그런 점에서도 이동훈 선생의 회화는 한국 현대미술사에서 그 존귀성과 높이가 재음미되어야 할 것으로 믿어진다.

겸허하게 원초의 건강성에로 눈돌린 고지식하며 신뢰에 찬, 그래서 타협 없는 참으로 고독한 삶. 20세기라는 한 막이 서서히 닫혀지고 있는 것을 보는 것 같다. 금세기를 빛낸 우리의 별들, 우리의 삶의 고양을 위해서 공헌한 별들이 하나하나 사라져 가는 것을 본다. 그것은 우리의 것이고 이후에는 하늘 높은 곳에서 오래도록 빛날 것이다.

朴龍來와 〈저녁눈〉

늦은 저녁때 오는 눈발은 말집 호롱불 밑에 붐비다
늦은 저녁때 오는 눈발은 조랑말 말굽 밑에 붐비다
늦은 저녁때 오는 눈발은 여물 써는 소리에 붐비다
늦은 저녁때 오는 눈발은 변두리 빈터만 다니며 붐비다

박용래 시인은 나보다 일곱 살이나 위였지만 우리는 친구로서 흉허물 없이 삼십년을 어울려 지냈다. 1980년 늦은 가을 어느날, 그는 홀연히 가고 주변 친구들이 모여 시비(詩碑)를 만들게 되었다. 그때 고른 시가 〈저녁눈〉이었다.

그때 나는 시비 제작을 자청하였다. 예산은 뻔한데 욕심껏은 하고 싶고, 근 일 년을 헤매다가 마침내 한국비의 전통적 형태로 귀착되었다. 기단을 놓고 몸체를 세우고 위에 갓을 씌울 수는 없고 해서 나의 청동조각을 올려 놓은 것으로 결말지었다. 그러고 보니 비(碑)는 나의 〈서 있는 소녀상〉 모습이 되었다.

계획이 끝나고 제작 과정에 들어갈 적에 시인 김구용 선생이 글씨를 자청하였다. 그래서 우리는 만났다. 내가 선생의 댁을 처음 방문했을 때 그는 얼른 동네 주점으로 안내하였다. 이내 박용래 이야기가 꽃을 피웠다. 거나하게 주변은 익어가고 그는 〈저녁눈〉을 천천히 암송하기 시작하였다. "늦은 저녁때 오는 눈발은 말집 호롱불 밑에 붐비다." 세번째 행으로 갔을 때 김구용 선생의 눈에는 이슬이 맺혔다. 네번째 행으로 갔을 때는 울음이 되었다. 줄줄이 흘러내리는 큰 눈물을 그는 닦으려고도 하지 않고, "늦은 저녁때 오는 눈발은 변두리 빈터만 다니며 붐비다." 그리고 그는 고독에 대해서 많은 이야기를 하였다.

남달리 눈물이 많던 박용래, 술 없이 무슨 심산으로 그를 이야기하랴. 이제는 그가 없는 술상 앞에서 노시인의 눈물을 보고 있다. 나는 그날 참으로 묘한 감상에 젖어

있었다. 이렇게 해서 박용래의 〈저녁눈〉은 내 마음속에서 무슨 숙명처럼 자리하게 되었다.

박용래와 내가 언제 어떻게 만나게 되었는지는 정확히 알 수가 없다. 내가 고등학교를 졸업하고 얼마 후의 일이었던가. 어느 여름날 저녁 무렵이었다. 소를 팔러 우시장엘 간 일이 있었는데 어른들은 나보고 돈을 찾아오라 하고 집으로 돌아가셨다. 얼마를 기다렸다가 소값을 찾아가지고 책방을 둘러보러 목척교를 향해서 가고 있었다. 그때 돌연 박용래가 나타나서 환성을 지르며 내게로 달려오는 것이었다. 내 이마에 비친 저녁 햇살에 그만 감격한 것이었다. 왕대포 몇 잔을 놓고 감격의 시간이 얼마나 흘러갔는지 몰랐다. 그는 하찮은 일에도 그렇게 감격하는 것이었다. 어둠이 천지를 뒤덮고 시내버스도 있기 전이어서 나는 십리를 걸어서 집에 들어갔다. 소 판 돈을 챙겨서 도망친 줄 알고 집에서 난리가 났던 일이 지금도 생생하게 기억난다. 그렇게 해서 우리의 만남은 사연 많은 수를 놓게 되었다.

훗날 나는 소녀상을 만들고 그는 오얏꽃, 강아지풀을 노래하였다. 그는 부여에서 계룡산을 동쪽으로 보며 어린 시절을 지냈고 나는 대전에서 해지는 쪽을 보면서 어린 시절을 살았다. 수수밭 너머 미류나무에 참새떼가 새까맣게 열리는 저녁 계룡산은 빠알간 저녁놀과 함께 잠이 들었다. 아, 우리는 계룡산을 사이에 두고 서로 건너다보고 있었는지도 모른다.

나는 오늘도 소녀상을 만들면서 눈에 덜 미치는 곳, 손이 잘 닿지 않는 데를 찾아 손질하면서 '늦은 저녁때 오는 눈발은…' 하고 되뇌인다. 계속 반복하여도 지루하지 않고 시를 음미하면서 박용래와의 추억을 더듬는다. 손대주기를 말없는 눈짓으로 기다리는 저 여러 구석구석을 돌고 돌면서 말집 호롱불을 생각한다. 지금 내가 손을 안 대주면 영원토록 섭섭하게 나를 원망할 것 같은 미세한 눈망울들.

박용래는 풀들을 노래하고 지금은 사라져가는 어린 날의 마당가 가녀린 꽃들을 노래하였다. 아욱꽃 · 맨드라미 · 감꽃 · 접시꽃. 잊혀져가는 귀여운 꽃들이 그의 손을 거쳐서 아름다운 생명체로 환생하였다. 얼마나 외로운 숱한 언어들이 활활한 생명으로 되살아났던가. 멀찌감치 밀려나 있는 고독한 낱말들을 찾아다가 큰 사상으로 다듬어서 대좌(臺座) 위에 앉힌다.

박용래는 중학교 때 미술반 활동을 했대서 그런지 남달리 그림을 좋아하였다. 인상파를 좋아하고 로랑생을 좋아하고 샤갈을 좋아하고 루오를 좋아하였다.

프랑스의 화가 조르쥬 루오는 일차세계대전을 겪고 나서 육십 장의 판화 〈미제레레〉를 제작하였다. 당시의 화단은 큐비즘, 다다이즘, 추상주의니 해서 이른바 새로운 조형을 개척하려는 의지로 가득 차 있었다. 그런 와중에서 홀로 루오는 참담한 현실세계에 대한 연민으로 고뇌하였다. 갈 곳 없이 들판에 버려진 군상들, 외로운 도시, 수난당하는 예수, 창녀들을 성스러운 모습으로 그리고 있었다. 편편마다 그가 달아 놓은 제목들에서 보듯이, 〈정든 내 고향아 너는 어디 있느냐〉〈때로는 가는 길이 좋은 적도 있었건만〉〈기나긴 아픔이라는 변두리 동네에서도〉〈새벽찬가를 불러라 날이 다시 밝으리니〉…

물론 조르쥬 루오의 그림세계와 박용래의 시세계는 다르지만, 이 어려운 삶의 현장에서 애련한 쪽에 눈돌리고 한을 넘어서 애정으로 승화시키려는 총명함이 있다. 〈저녁눈〉은 나에게 〈미제레레〉의 어떤 장면을 연상하게도 한다.

그는 정도 많고 한도 많고 눈물도 많고 시를 위한 욕심도 많고 주체할 수 없는 풍부함을 가지고 있었다. 항상 무언가에 감전되어 있는 사람처럼 보였다. 사람들은 그를 일러 감성의 시인, 회한의 시인, 향토미를 승화시킨 시인이라고들 하지만 나는 가슴속 밑바닥에 깔린 빛나는 이성(理性)을 보고 있었다. 번득임! 거기는 아무도 침범할 수가 없었다.

그는 시를 쓰기 위해서만 태어난 사람 같다. 언어를 아껴서 갈고 닦기를 대조각가가 돌 다루듯 하였다. 봄 풀잎처럼 여린 감성을 칼날 같은 예지로 지탱하고 다 드러내 놓고 가릴 것 하나 없는 천의무봉한 소년 박용래. 나는 박용래의 시보다도 사람 박용래를 좋아하였다. 나는 요즘도 어쩌다가 고향에 갈 때면 오류동 박시인의 집에 그냥 들르게 된다. 흘러간 서른 몇 해의 짙은 잔상이 나의 발길을 끄는 때문이리라. 박용래는 그 삶 자체가 똑 떨어진 한 편의 작품이었다고 생각한다.

보문산 공원에서 멀리 계룡산 줄기를 바라보며 그의 시비는 오늘도 목을 길게 늘이고 마냥 거기에 서 있을 것이다.

어린 날 여물 썰 때 삭둑삭둑하는 템포와 그 짜릿한 쾌감이 생각난다.

늦은 저녁때 오는 눈발은 여물 써는 소리에 분비다.

숨쉬는 그릇

도예가 李鍾秀의 모습

이종수의 이야기는 그의 낙향사건부터 시작해야 할 것 같다. 그것은 지금도 무어라 한마디로 해석한다는 것이 어렵게 되어 있다. 사람들은 이러구저러구 여러 각도에서 보고 있지만 나는 오히려 단순사건으로 보고 싶다. 하지만 그 단순이라는 단어가 갖는 사연은 아마도 긴 이야기가 될 것이다.

이종수가 대전으로 내려갈 때 나는 아무말도 하지 않았다. 그가 이화여대를 등 뒤로 하고 트럭에 이삿짐을 실을 때 그리고 차가 떠날 때, 어서 가라고 하는 말밖에 별 할 말이 없었다. 어느날 내가 없는 새 낮술을 잔뜩 마시고 들렀다가 가고, 또 다음날 그렇게 왔다가 가고. 세번째 날 만났을 때도 많이 취해 있었는데, 불쑥 나 대전으로 내려가기로 결정했다고 말했을 때, 나는 그냥 웃고 아무말도 할 수가 없었다. 그의 심정을 너무도 잘 알기 때문이었다. 무슨 말이 필요하랴. 우리는 그후 몇 날 며칠을 가슴으로 실로 긴긴 이야기를 하고 있었다. 그것은 말로는 도저히 설명하기 어려운 그런 것이었다.

이종수가 직장을 버리고 보장없는 고향길을 선택하기까지는 근 십년의 마음의 준비와 또 여러 해의 고뇌의 시간이 있었다. 그때 그 시간이 선택된 것도 어린 것들에게 두려움을 심어 주지 않기 위해서 철나기 전의 기회를 잡은 것이다. 어떻게 보면 모질기도 한 일이었는데 자기의 길을 가기 위해서는 어쩔 수가 없었다.

대전천 하류 회덕강 옆에 미리 잡아둔 터에다 작업준비를 하면서 유배된 죄수처럼 지독히도 쓰디쓴 세월을 견디다가 이년쯤 후 첫 불을 지폈다. 언제쯤 불을 땔 것 같다고 편지가 왔었다. 나는 멀거니 남쪽 하늘을 바라보며 형언할 수 없는 감정에 젖어 있었던 일을 기억하고 있다.

그리하여 이종수의 새로운 살림은 시작되었다. 오십을 넘기기 전에 헛 나이를 먹는 것이 죄스러워서 그 무모한 것 같은 고난의 새 살림을 시작하였다. 그는 역행의 길을

이종수 선생

가고 있다. 많은 사람들이 가는 길을 마다하고 호젓한 길을 선택하였다. 그야말로 그는 맨땅에서 시작하였다. 그때까지 쌓아올린 터전을 버리고 일단 황량한 벌판으로 들어가서, 어린이가 되어서, 순전한 시골 일꾼이 되어서 새 삶을 시작했다. 지금도 나는 숙연한 마음으로 막 싹터 나오고 있는 저 꿈틀거리는 형상들을 지켜보고 있다.

이종수를 생각하면 연전에 작고한 시인 박용래가 떠오르고 신정식이 그림자처럼 항상 옆에 있다. 우리들의 그 어렵고 가난한 시절, 함께 얽히던 우정과 낭만의 시절이 있었다. 그는 지금도 젊은 시절의 순수한 모든것들을 깨끗이 지키고 있다. 이종수는 그전에나 지금이나 항상 변함이 없는 사람이다. 나는 '소나무여 소나무여'를 자주 불렀고 그는 '가도가도 끝이 없는…' 하는 유행가를 불렀다. 이종수가 언젠가 단둘이 있을 때 그 노래를 불렀는데 나는 정말 그 큰 감동을 잊을 수가 없다.

이종수는 항상 변함이 없는 이종수 그 사람이다. 변하는 것이 있다면 연륜과 성숙이라 할까. 그는 태어난 자리에서 생겨난 모습대로 익어 가는 어쩌면 들풀처럼 끈질긴 참을성을 지닌, 한정없이 기다릴 줄 아는 여유만만한 사람이다. 나는 여태껏 그에게서 초조한 표정을 읽은 적이 없었다. 순진, 소박, 근면, 성실, 정직, 겸손, 결백… 거기에다 대담무쌍한 용기와 모질고 가차없는 결단력. 이종수의 도자기는 그런 배경에서 나오고 있다.

이종수의 그릇들은 그런 그의 생활에서 생성되는 순도 짙은 땀방울이라 할까. 그의 그릇들에서 나는 그런 원초적인 숨결을 느낀다. 그의 형상들에서 나는 그 어느 누구에게서도 찾아볼 수 없는 독한 냄새와 침울한 것 같으면서도 낭낭한 밝음을 본다. 그의 밝음은 내면적이다. 내면 깊은 바닥에 밝음이 있어서 그것이 밖으로 새어나오는 그런 밝음이다. 그가 만드는 모든 형상들은 바로 이종수 그의 자화상이다. 어쩌면 하나같이 자신의 온 모습을 닮아 있는지. 황토 빛깔, 감 빛깔, 어두운 퇴비 빛깔, 배추 빛깔, 바위 빛깔… 그 모든 색채는 이종수의 심상(心像)의 얼굴이다.

이종수의 형상들은 어떤 성격을 지닌 동물의 모습과도 같다. 봄볕에 졸고 있는 고양이, 주인의 얼굴을 말똥말똥 쳐다보는 강아지의 눈, 시골 어린이의 침묵한 표정. 그 형상들에서 나는 마치 좋은 사람과 마주하고 있을 때와 같은 풍요로운 친근감을 느낀다. 그래서 끝없는 이야기를 할 수가 있어서 좋다. 이종수의 이야기는 가장 절박하고 현실적이면서도 마치 먼 세상의 이야기 같다. 그것은 우리들이 현실에서 멀리 이탈하고 있는 데에서 연유하는 것인지도 모른다. 그의 형상들은 나로 하여금 무언가 생각하게 한다. 이름하여 그의 도자기는 예술이다. 그것들은 어리숙하며 꾸밈이 없고 그러면서도 깐깐하며 전생에 같이 놀던 친구들이었던 것처럼, 서양미술사의 용어를 빌자면 초현실적인 환상의 세계가 아닐까 여겨지기도 하는 것이다. 숨쉬는 그릇, 움직여 살아나올 것 같은 환각을 경험케 하는…

도자기의 역사는 그 으뜸이 중국에 있고 다음 우리나라로 왔기 때문에 이종수는 굳이 서양을 넘보려 하지 않았다. 이종수는 우리의 전통에 대해서 깊은 애정을 가지고 있고 또 우리의 산천에 대해서, 민족의 딱한 삶들에 대해서 세심하게 주의를 기울이고 있다. 그는 백제의 기왓장이나 석물들에 대해서 많이도 생각하였을 것이다. 고려의 청자, 이조의 백자, 그리고 분청 등을 비롯해서 우리 조상의 생활용품의 만듦새와 그 아름다움에 대해서 깊은 관심을 가지고 있었을 것이다. 이종수는 그런 데에 뿌리를 두고 있다. 그의 뿌리는 이미 사방으로 깊이 번져 확고한 지경에 이르러 있어서 미동도 없다. 그의 도자기는 바야흐로 시작이 아닌가 싶다. 우리는 단지 지켜보며 기다릴 뿐인데 그의 형상들은 스스로 모양 지으면서 대지를 뚫고 공간에 솟아오를 것이다. 지금 그것은 시작되고 있다.

이종수의 도자기는 우리들의 생과 전통에 뿌리를 두는, 그것도 바닥으로 침잠하여 지하수가 되어 흐르는 내면의 강이다. 겉으로 화려하지 않고 내면으로 범람하는 심상의 강이다. 그는 시각의 즐거움에 관심한다기보다 인생 자체, 예술 자체, 그리고 그것을 넘어서는 쪽에 관심이 있다. 그의 인생과 자연에 대한 관조가 기능성을 건너뛰면서 곧바로 미에로 지향하려 한다. 그는 형식미를 탐구하려는 사람이 아닌 것으로 보여진다. 인생의 본질에서 미의 본질 쪽으로 직접 관통하려는 강한 의지 때문인지 형태는 그 중간에서 외롭기까지 하다. 그의 그릇들은 어딘가 서글프고 외로운 그늘을 드리우고 있다. 비수(悲愁)라 할까. 어쩌면 그것은 예술의 본령이 아닌가 싶다. 마치 이루어주기를 기다리는, 몇 천년이고 기다리는 바위처럼, 깎아서 모양 만들어 주기를 몇 만년이고 기다리는 뒷산의 바위처럼. 그 미완적인 완성성(完成性)은… 그래서 이종수는 앞으로도 그렇게 가리라고 보여지며 끝까지 아직 완성되지 않은 채로 남을는지도 모른다. 그것은 예술의 태도이다. 완성은 도달하는 것이지 완전히 쟁취될 수 있는 성질은 아닐 것이기 때문이다.

아무튼 이종수는 남달리 특이한 성품을 가지고 옆의 일에 눈돌리지 않으면서 그의 길을 살아 왔고 앞으로도 그렇게 살아갈 것이다. 그는 참 한국사람으로서 오늘을 어떻게 살 것이며 어떻게 일할 것이며 어디로 지향할 것인가에 대한 근본 물음에 깊은 오뇌의 순간들을 살고 있다. 그는 거추장스러운 여러가지를 엔간히는 버렸지 않았나 싶다. 사람들은 흔히 쓸데없는 데에 힘을 낭비하느라 정작 할 일에서 멀어지는 수가 많다. 얼핏보기에 이종수는 쓸데없는 것 같은 일만을 골라서 하고 있는 사람만 같다. 그는 외면으로 막대한 손해를 보고 있지만 내면으로는 풍요의 큰 보상을 받고 있다. 그는 이겨 왔고 또 지금 이기고 있고 그리고 마침내 이룰 것이다.

민족의 한과 푸른 정기가 불꽃 튀기는 현장에서, 민중적 진실을 실천하며 어릴 적 놀던 고향 땅 한 모퉁이를 지킨다. 강바람 시원스레 앞가슴으로 맞으면서 바람 소리, 풀벌레 소리와 더불어서 오는 봄 그 앞마당 목련꽃도 푸르러라.

生의 實存的 규명을 위한 반항의 조형

조각가 金凡烈

"김범렬은 너무도 아까운 나이로 내연(內煙)하는 정열을 가누지 못하고 일찍 타계하였다. 예술에 대한 지극한 진지함과 인생을 지킴에 있어 철저한 양심으로 양보 없이 대결하다가 쓰러진 것이다.

사람들은 누구나가 각기 나름대로의 특별난 자질과 능력을 가지고 있는데 사회가 제도적으로 그것을 찾아주지 못하면 문화적 측면에 있어서나 또 인간생활에 있어서의 풍요의 증진을 위해서 바람직하지 못한 결과를 초래한다.

김범렬의 경우 바로 그런 문제 속에서 생겨난 하나의 희생자가 아닌가 싶다."

— 김범렬 유작전 서(序)에서

김범렬을 생각하면 시인 김수영(金洙暎)이 생각난다. 나는 김수영을 만나 보지는 못했지만 어쩐지 분위기가 비슷하다고 생각한다. 김범렬은 크게 성공할 수 있는 자질의 사람이었는데 아깝게도 일찍 요절하고 말았다. 그는 보통 경우보다 한발 앞질러서 미술사를 뛰어넘고 그 첨단에 서서 숱한 나날을 고뇌하다가 막 길을 잡고 출발하던 중 운명의 신이 그를 불러갔다. 짧은 기간내에 벅차게 많은 생각을 하였고 자기의 현실을 가늠하는 데 몸둘 곳을 몰라 혼자서 분노하며 방황하며 광적으로 발산처(發散處)를 찾아헤매었다. 그는 끝내 이해의 손길이 닿지 못한 고독의 심연에서 행동하며 좌절하며 그리하여 폭음하며 몸과 정신을 혹사하여 견디다 못해 쓰러진 것이다.

그의 예술은 한마디로 행동 자체였고 형태는 바로 그의 생 자체였다. 절벽을 파들어 가는 데 맨몸으로 부딪쳐 나가는 형국과 같다 할까. 사정없이 현재를 깎아 나가는데, 그래서 그는 형상을 구축하고 만들어 나가는 여유를 가질 수 없어 즉물적(即物的)인 행위로 표현할 수밖에 없었던 것이 아닌가 싶다. 칼을 세우고 나무에 못을 박는 그 처절한 현장은 과거도 미래도 철저하게 거절하고, 오직 순수한 현재성으로만 절박한 시간을 그는 살고 있었다. 아마도 그는 예술이라는 것을 무의미하게 생각하였을 것이고 그러면서도 거기에서 의미를 찾고자 고투하였을 것으로 믿어진다.

김범렬의 형태는 크게 세 가지 문제를 안고 진행되었다. 첫번째 단계는 재학 시절로부터 이어지는 일련의 인체에서 현실성을 찾는 작업이고, 두번째 단계는 십자가에 못을 박고 칼을 세우는 한계상황을 증거하는 행동기였고, 그 세번째 단계는 정신적인 안정을 찾으면서 내적인 것이 삭제되는 구상성(具象性)의 시기이다. 그 세번째 시기는 김범렬에 있어 매우 중요한 순간이었다고 생각된다. 그 무렵 그는 확고한 판단의 기조 위에서 뭐랄까, 어떤 영원성에 대해서 생각하고 조급한 마음을 달래면서 순간을 넘어서고자 하였다. 그것은 퍽이나 다행한 일이었는데, 그의 과거를 모두 묻어 버리고 시간을 초월하여 진정한 생명을 얻고자 하였던 것이다. 그리하여 이루어진 작은 '예수' 상은 밀도 진한 아름다운 형상으로 성공하고 있다.

그의 형태들은 모두가 진지하고 속임수가 아예 없고 순수하고 단단하며 냄새가 진하며 구체성을 가지며, 허세가 없고 오직 진실 자체이어서 누가 보아도 그 아픈 아름다움을 느낄 수 있을 것이다. 김범렬의 형태를 보고 있으면, 그가 얼마나 마음이 아픈 사람이었나를 한눈으로 볼 수 있고 그가 인생을 얼마나 아낀 사람이었나를 금방 알아볼 수 있다. 그의 자학적 행위는 인생에 대한 지극한 사랑에서 오는 것이고 그래서 거짓을 미워하고 거짓의 흔적을 남기지 않기 위해서 추호도 애매한 짓을 않고자 고집하였다.

언젠가 그는 나에게 조각을 못할 것 같다고도 말하고, 조각을 포기할까 보다고 말하고, 또 언젠가는 길을 잡을 수 있을 것 같은데 불안하다고도 하였다. 그것은 그가 얼마나 절실하게 진실을 찾고 있었던가에 대한 단적인 표현인 것이다.

내가 김범렬에 대해서 관심갖게 된 것은 비교적 근년의 일이다. 워낙 말이 없는 사람인데다 한두 마디 나온다는 것이 엉뚱한 외마디 소리뿐이기 때문에 그가 무슨 생각을 하고 있는지 종잡기가 어렵고 또 섬세한 정이 있는 반면에 때로 난폭해서 접근하기가 어려웠다. 그런데 몇 해 전 뒤늦게 대학원 졸업논문을 제출하였다. 참으로 진지하고 놀라운 수작이었다. 그것을 계기로 나는 김범렬의 내면세계에 대해서 추적해 보고자 마음먹었다. 그러던 중 친구의 전람회장에서 우연히 그를 만났다. 나는 기회를 포착하고 몰래 그를 빼내어 인사동 대폿집으로 안내하고 대화를 시작하였다. 그는 주저하면서 마음의 문을 조금씩, 실로 조금만 열고 있었다. 이 사람을 두 번만 더 만나

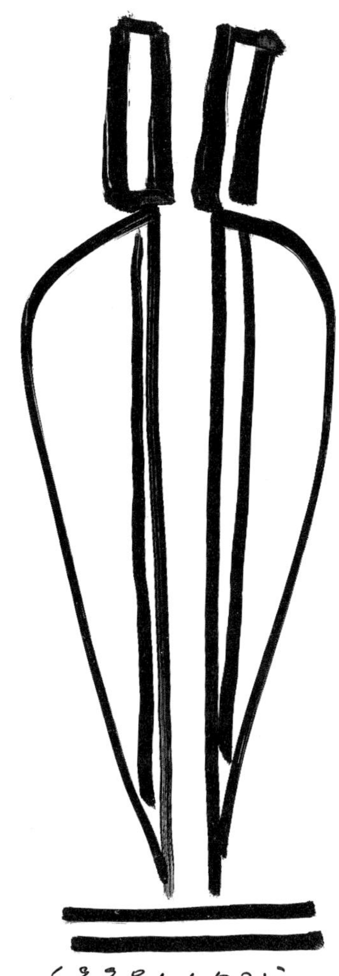

면 닫힌 문을 활짝 열어 놓을 수 있을 것 같은 확신을 가졌다. 열쇠는 이미 내 손에 쥐어진 것이나 마찬가지였다.

그날 비는 억수같이 퍼붓고 그 쏟아지는 비를 다 맞으며 차를 잡느라 동분서주하던 기억을 잊을 수 없고 그때를 생각하면 어쩐지 지금도 흐뭇하다. 한데 그 두번째 기회를 잡지 못하고 그는 가고 그후로 나는 어떤 서운함으로 마음이 편치 못한 것을 어쩔 수가 없다.

그때 김범렬은 격동적인 지난날을 다스리고 조심스럽게 구상적 형태에 대해서 관심을 나타내고 있었는데——실은 그때 이미 작업을 진행하고 있었다——가라앉은 고뇌의 시기로 접어들고 있다는 것을 느꼈다. 오랜 갈등과 반항과 방랑의 시기를 지나서 폭우가 지나간 날 아침 같은 그런 격랑이 삭제된 고요한 형상이 만들어지고 있었다. 그 무렵 그는 자신에 넘치는 기쁨과 형언할 수 없는 초조함으로 밤을 지새웠을 것이다. 그의 작은 '예수' 상에서 나는 많은 이야기를 읽을 수가 있다. 파괴, 또 파괴에서 생겨난 애틋한 생명, 그 생명이 날개를 펴고 하늘을 날으는 새가 되어 생활하는 광경을 보지 못하게 된 것이 끝내 아쉽다.

김범렬은 철저하게 무(無)에서 시작하려고 생각하였다. 그가 졸업논문에서 '뒤샹'을 선택하고 그것도 여러 해를 탐색한 것으로 보아서 충분히 증명되고도 남음이 있다. 유(有)를 일찌기 극복하고 무에 이르러 몸부림치며 새로운 유를 구하였다. 그의 고민은 광막한 무의 허공에서 자기의 좌표를 찾고 근거를 구하는 데 있었다. 역사에 견주어 비교하며 자기를 찾는 작업이 그의 성급한 성미에 거슬려서인지 이내 그것을 거절해 버리고 말았는데 거기에서 남는 것이 무엇이었던가. 생명의 실존성으로 하여 무중력의 허공을 이기려 하였는데, 그는 일체의 비생명성에 항거하며 신에게마저도 도전적이며 그런 방법으로 생명과 신을 찾고 있었다. 모든 좋은 것을 사랑하고 모든 훌륭한 것을 존경하기 위해 그것을 거절하고 싸우면서, 그렇게 함으로써 동시에 그것을 얻고자 하였다. 한마디로 그는 얻고자 하였지만 그 행위는 잃는 행위였고 그리하여 많이 버림으로 해서 얻는 길을 선택할 수밖에 없었던 것이다. 김범렬은 많은 것을 잃고 생명마저도 잃고 그리하여 바르고 깨끗하고 아름다운 것을 얻었다.

나는 김범렬의 죽음을 계기로 미지의 세대들에 대한 사랑의 배려가 제도적으로 필요하다는 것을 절실히 느끼고 있다. 그것은 새로운 역사에 대한 기성세대들의 책임이 아닌가 싶으며, 가치에 대한 냉엄한 관찰과 사고로 하여 잊혀져서 매몰되는 진실이 생겨나지 않기를 바라는 심정이기도 한 것이다.

어느 시대이든지간에 젊은이들은 갈등하며 반항하며 몸부림친다. 하나의 생명이 대지에 뿌리를 박고 꽃을 피우기까지는 그것이 진정한 것일수록 많은 시간을 견디어야 한다. 타협은 비천한 형상을 낳는다. 김범렬은 싸웠다. 그것으로 그는 다한 것이고 그리고 다하고 끝났다. 그래서 아름다운 것이 아닌가. 굽힐 줄 모르는 고집, 그가 이르고자 한 곳은 진리. 그의 마지막 작은 '예수' 상은 그의 의식의 심층에서 맥맥이 흘러오던 사상의 어떤 귀결처가 아니었던가 싶다.

그는 백미터를 달리는 단거리 선수처럼 출발부터 끝까지 총력으로 달리고 세속에 굴할 수 없는 의지로 하여 곧장 전진하는 데에만 가속하였다. 그리하여 그는 끝났다. 그의 작업은 끝났지만 그 정신과 형태들은 다른 젊은이들에 의해서 이어지고 추구되어 역사의 풍요로운 진전에 보탬이 될 것이다.

서정과 낭만을 극복하고 화단의 비리에 저항하며 오직 앞만 바라보고 눈물을 멀리 한 한 영웅적인 젊은이 상으로, 지워질 수 없는 나무, 찬바람에 일생을 시달린 단단한 나무, 그런 나무로 그의 천재성은 우리 미술사의 어떤 자리에서 오래도록 서 있을 것을 믿어서 그가 남긴 많지 않은 형태들의 보관에 대해 나는 관심갖고 있다.

파치니의 〈십자가상의 예수〉

"나의 형상들은 하늘을 향해 오르려는 경향이 있다. 나에게 있어 인간의 형상은 하늘에 이르는 수단이다. 예술은 리얼리티의 반영이어야만 한다. 그 반영이 크면 클수록 예술은 위대해지고 예술이 위대해질수록 그것은 신에게로 접근하게 된다. 나의 형태들은 마치 신에게 이르기 위해 그들 자신의 물질로부터 해방되기를 갈망하는 것처럼 그렇게 형성된다."

— 파치니의 『수상록』 중에서

성베드로 대성당 옆에 교황을 알현하는 현대식 건물이 있는데 그 내부 전면 단상에 부활의 예수를 주제로 한 대형 조각이 있다. 그것이 파치니의 말년의 거작이다. 나는 그 작품의 주변을 돌면서 엄청난 정력에 감탄하고 이것은 미켈란젤로의 천정벽화와 베르니니의 역작들과 겨루는 희대의 걸작이라고 생각하였다. 올리브나무는 쓰러질 듯이 바람을 안고 꿈틀거리며 하늘로 치솟고, 승리의 예수는 방대한 빛에 둘러싸여 '환희의 송가'를 연상케 하였다.

파치니의 모든 작품들이 그렇지만 이 〈십자가상의 예수〉도 바람부는 언덕에서 격정의 모습을 하고 있다. 야무진 구조와 몸부림치며 상승하려는 의지가 형태 구석구석에 잠재하며 하나하나의 부분들은 삶의 에너지로 충만한 슬픔이 아닌 생의 찬가로 조성되고 있다.

조각가 파치니는 이탈리아 그로따마르라는 시골에서 1913년 대대로 가구 만드는 집안에서 태어나 열 살 때부터 아버지의 일을 돕다가 열여섯 살에 로마로 가서 독학으로 조각을 시작하였다. 그의 사상과 생활과 형태가 유독 종교성을 띠고 있고, 그래서인지 교황 바오로 6세의 특별한 배려로 예수 부활의 대작을 칠년만에 완성하고 쓰러져 지금은 조용히 그림을 그리고 있다.

그는 그의 고향, 바람부는 바닷가, 올리브나무가 우거진 고향을 늘 생각하고 있다. 그의 작품은 온 데서 바람이 일고 있고, 올리브나무는 뿌리가 뽑힐 만큼 큰 바람이 일렁이고, 약동하는 생의 리듬은 하늘을 향해 잠시도 쉬지 않고 지금도 치솟아 오르고 있다.

"나는 바위가 울게 하고 싶고 바위가 웃게 하고 싶다. 너는 누구냐. 나는 한 인간이다. 바위로 인간의 형상을 창조하는." 이것은 그의 시의 한 구절이다.

미의 탐색자, 조각가 로댕

나는 고등학교 재학 시절부터 로댕 어록(語錄)을 읽고 있었다. 그후 미술대학에서 조각을 공부할 때는 교과서처럼 들고 다녔다. 머리가 잘 안 풀릴 때 성경 보듯이 거기에서 기운을 얻곤 하였다. 그 속에는 조각에 관한 모든것이 말하여지고 있다. 특히 조각의 생명에 대해서, 무엇이 조각에 생명을 넣어 주는가에 대해서, 참으로 감동적으로 이야기하고 있다. 덩어리에 대해서, 덩어리를 이루는 요인에 대해서, 볼륨에 대해서, 들어가고 나오는 것에 대해서, 빛에 대해서, 명(明)과 암(暗)의 무수한 단계에 대해서, 움직이는 것에 대해서, 변화에 대해서, 조직에 대해서… 그런 모든것에 대해서 로댕은 감격적인 눈으로 사물을 바라보고 표현하면서 그것을 말하고 있었다. 그의 말은 샘솟듯이 터져 솟아나오는 것들이었다.

세월이 흐르고 1971년 나는 세계 여행길에 로댕미술관을 들를 수가 있었다. 얼마나 흠모하고 많이도 생각했던 로댕이었던가. 그러나 로댕은 그렇게 신나는 느낌으로 가슴에 와 닿는 것이 아니었다. 시카고에서 보고 뉴욕에서 보고 런던에서 보고 그밖에 여러 곳에서 보았지만, 로댕은 현대의 많은 조각가들 속에서 나약하게만 보이는 것이었다. 나는 왜 그런지 알 수가 없었고 그후로도 계속 그 문제에 대해서 생각하였다.

그후 십년이 흘러서 1981년 나는 또 여행을 하게 되었다. 로마에 들러서 현대미술관에 갔을 때의 일이다. 거기에 〈청동시대〉와 어떤 초상이 있었다. 그것들은 지난날에 보았던 로댕이 아니라 전혀 새로운 면모의 로댕이었다. 나는 너무나도 놀랐다. "당신은 정말로 위대한 예술가입니다"라고 탄복하였다. 나는 그때 보았던 로댕에 대해서 가끔 생각하는데 여하한 찬사도 부족할 것 같다.

저 엄청난 고역을 어떻게 감당할 수가 있었단 말인가. 로댕 이후에 사람 없다고 말한 쟈코메티의 말이 실감났다. 로댕은 조각가로서 가장 어려운 길을 산 사람이다. 그것은 미켈란젤로와 맞먹는 어려움이었다. 나의 여러가지 경험에 비추어 볼 때 그것

은 초인적인 것이었다. 쟈코메티는 그것을 잘 알고 있었던 것이다. 그는 세계조각사에 정면으로 마주서고 자연을 또한 정면으로 마주하였다. 조금치도 비켜서려는 생각을 아예 단절하고 근본의 문제에 대면하였던 것이다. 파리에 들러서 〈지옥문〉 등을 다시 보았을 때 나는 형언할 수 없는 깊은 감회를 경험하였다.

로댕은 투사요 대혁명가였다. 당시 조각은 어디서나 그리스 로마를 표본 삼아 그것을 모방하는 데 그치고 있었다. 베르니니 이후 조각은 본래의 생명성을 잃고 있었다.

로댕은 어려운 집안에서 태어나서 미술학교에는 세 번이나 실패하고 집안살림을 돕느라 1860년 스무 살 때 장식조각을 하는 공장에 취직하였다. 그는 거기에서 중요한 것을 배웠다. 형태를 윤곽으로 보지 말고 입체로 파악하라. 나를 향해서 돌출하는 덩어리와 반대편으로 달아나는 덩어리로 보라. 그리하여 로댕은 크게 각성하였다. 그 한마디의 말은 로댕이 이 세기의 대예술가가 되는 데에 결정적인 출발점이 되게 하였다. 1864년 스물네 살 때는 동물조각가의 연구소에 있으면서 자연의 문제에 눈을 뜨고 1870년 보불전쟁에 참가한 후, 1871년 벨기에에 가서 칠년간 까리에 베루스의 조수 생활을 하다가, 1875년 이탈리아를 여행하고 미켈란젤로를 본다. 고전의 문제에 대해서 깊이 깨달은 바가 있었고 운동감과 생명력에 대해서 그 이치를 알게 된다. 1877년 서른일곱 살이 되어 〈청동시대〉를 살롱에 출품하게 된다. 물론 대단한 물의를 일으켰다. 실물의 인체에서 형을 떠낸 것이 아니냐고. 그 작품은 로댕 자신에 대한 전쟁의 시작이기도 했고 역사와 사회에 대한 선전포고이기도 했다. 〈기지개를 켜는 청년상〉은 바로 로댕 자신이었다. 로댕은 내일을 향해서 기지개를 켜는 것이었다. 그리하여 로댕이 세상에 조각가로서 탄생한다. 미래에 대해서의 도전이 시작된 것이다. 〈칼레의 시민〉 〈발자크〉 등 실로 엄청난 전쟁을 그는 양보없이 다 치렀다. 당시 사회에서 그의 작품을 받아 주지 않는 때문이었다. 그가 추구하는 것은 미의 본질이었는데 당대에는 비미(非美)로 보았던 때문이다. 특히 〈발자크〉상은 그가 죽고 나서 십년 후에 파리의 어느 골목에 서게 되었는데 그것은 너무나도 유명한 이야기이다.

1877년 〈청동시대〉로부터 1898년의 〈발자크〉에 이르는 이십년간은 찬란한 로댕의 시대였다. 누구도 그에게 접근할 수가 없었다. 그 이십년 동안 로댕의 중요한 작품들이 쏟아져 나왔다.〈설교하는 세례 요한〉〈지옥의 문〉〈생각하는 사람〉〈칼레의 시민〉〈빅토르 위고 기념상〉 등, 그 끝에 〈발자크〉상이 나온다. 그리하여 그후 생을 마치기까지 이십년간을 조형에 있어서의 순수한 체험쪽으로 탐색하며 그 여파로 부르델,

마이욜, 데스피오 등 대예술가를 낳는다.

로댕의 일생은 불과 같았다. 그리고 그는 다 태우고 갔다. 근대조각사에 기록되어 있는 것처럼 현대조각의 출발점이 되었으며, 세계조각사의 중심을 로마로부터 파리로 옮겨갔으며, 미켈란젤로를 계승하는 삼백년만의 대조각가가 되었다. 로댕은 승리하였다. 훗날 부르델은 이렇게 말하였다. "미켈란젤로는 가장 인간적인 형상을 만들고 로댕은 바로 인간 그것을 만들었다"고. 미켈란젤로는 고딕·중세를 건너뛰어서 그리스를 생각하였다. 당시 가장 그리스를 이해한 예술가는 미켈란젤로였다. 그것은 조형의 근본에 대한 회귀였다. 로댕도 마찬가지였다. 이들 두 천재의 해후는 참으로 역사적인 사건이었다. 미켈란젤로는 중세를 거슬러서 그리스로, 로댕은 미켈란젤로를 안고 고딕으로, 그리하여 두 예술가는 세계 전체를 포용한다. 이 두 예술가가 추구한 것은 미와 인간과 생명에 대해서였다.

로댕은 사람에 대해서 생각하였다. 그것은 자연의 문제였다. 로댕처럼 자연에 대해서 깊은 관심을 가졌던 조각가는 미켈란젤로 이후에 없었다. 로댕은 자연 예찬자였다. 그것은 세잔느의 사상과 일치한다. 세잔느야말로 자연과 가장 겸허하게 대면한 사람이 아니었던가 싶다.

프랑스 북부에 있는 랭스 성당에 간 일이 있었다. 로댕이 극구 찬양해서 『랭스예찬』이란 책까지 쓸 정도였기 때문에 매우 궁금하였다. 로댕이 무엇을 보았을까. 차가 골목을 들어서니 성당이 한눈으로 다가섰다. 나는 아, 그랬었구나 하고 탄복하였다. 그것은 하나의 조각품이었다. 부드러운 명암의 톤으로 전체는 하나의 생명체였다. 모든 부분은 전체 속에서 협력하고 신비로운 조화를 이루고 있었다. 노트르담 성당이나 샤르트르 성당도 훌륭하지만, 부분들의 속삭임과 그 전체성에 있어서 랭스는 단연 으뜸이라고 생각되었다. 부분과 전체성의 문제, 그것이 바로 로댕의 조각이었다.

로댕은 조각가라기보다 예술가이고 예술가이기보다 거인의 풍모를 갖춘 사람이다. 조각예술을 근본적으로 바로잡고 그것을 진리의 탐구행위로까지 부상시켰다. 그리스의 피디아스, 르네상스의 미켈란젤로, 현대에 있어서는 로댕, 그들은 미의 전달자로서의 사명감을 갖고 이 세상에 태어난 사람들인 것 같다. 20세기의 조각예술은 로댕으로부터 시작된다. 로댕은 역사를 총체적으로 분석 소화하고, 미의 원점에 대해서 탐색하였던 것이다. 거기에 대해서 정면으로 찾아나선 위대한 예술가였다.

제3부

나의 스승 金鍾瑛

젊은 미술학도를 위하여

기나긴 인생의 여정은 만남으로부터 시작된다. 어머니를 만나고 가족들을 만나고 마을사람들을 만나고 그리고 마침내는 동서고금의 큰 인물들을 다 만나게 된다. 옛날 어른들이 말하기를, 하루를 사는 문제는 아침에 일어나서 풀기에 달렸고 일생을 사는 문제는 어린 시절에 달려 있다 하였다. 아침에 일어나서 그날 할 일이 잡히지 않으면 온종일 불안하고 혼선이 생기는데, 그런 것으로 미루어 보아 어린 시절이 흔들려 있으면 일생에 작용한다는 것이 자명한 이치일 것 같다. 사람들과의 만남으로 인해서 내부의 잠재력이 기지개를 편다. 그리고 어떤 모습으로든 행동이 탄생한다.

나는 살아 오는 동안 많은 친구들을 만나고 많은 스승들을 만났다. 그저 막연히 좋았던 사람도 있었고 어쩐지 거슬리는 사람도 있었지만 거슬리는 사람들한테서도 그 이질성을 소화해서 적응하려 하였다. 성장해 가면서 수없이 경험한 것인데 나중에는 그런 현상이 창작의 현장에서 이질적인 문화로 당면하게 된다.

나에게는 지금 조각예술이라는 것이 생활의 중심권으로 되어 있는데 신기한 것은 인생의 하고많은 일 중에 어쩌다가 이렇게 되었나 하는 것이다. 수없는 갈림길에서 이 길인가 하면서 방황했는데 이제는 이 길이 내 길인가보다 생각하고 의심치 않게 되었다. 후회라는 것은 없고 아쉬움도 별로 없다. 단지 잘못해 온 것에 대한 자책감이 있을 뿐이다.

내가 이 길을 살아 오는 동안 많은 고마운 친구들이 있었고 많지는 않았지만 어려운 고비길에서 머리를 틔워준 고마운 스승들이 있었다. 김종영 선생은 나의 조각의 길 서두에서 만났는데 그로 해서 나의 운명이 확정지워지고 말았다. 실로 아찔한 일이었다. 그때 내가 만일 그분을 못만났더라면 또 얼마나 긴 시간을 방황하였을까.

어쨌든 나는 김종영 선생을 만나서 방황의 시대가 끝나고 공부의 길로 들어섰다. 시인 릴케가 톨스토이를 만나고 로댕을 만나고 하는 것이라든지 베토벤이 모짜르트를 만나는 감동적인 장면을 생각해 보면, 사람의 운명이란 참으로 묘하게 얽혀가는 것이다. 장부로 태어나서 만 권의 책을 읽고 만리세상을 경험하고 천하의 인물들을 두루 만날 수 있다면 그이상 통쾌한 일이 또 어디 있으랴. 고금의 인물들은 탐구의 길에서 다 만나게 되어 있는 것인데 그것은 내가 찾기에 달려 있다. 세계는 넓고 험한 벌판이다. 거기에서 나의 좌표를 가눌 수가 없었다. 한발 앞서 헤쳐가는 모범이 필요했는데 그 본보기가 나에게는 조각가 김종영 선생이었다. 나는 그의 발자국을 더듬어 의심치 않고 찾아 들어갔다. 그러다가 나도 세상을 볼 수 있게 되었다. 그때부터 나의 본격적인 전쟁이 시작되었다. 그것은 나의 길을 찾는 싸움이었는데 한세월이 흘러서 생각해 보니 나는 나의 스승과 싸우고 있었다. 평행선으로 가고 싶은 것이었다. 이제는 비켜서 있거니 하고 대보면 그 안에 있었고 이제는 됐겠지 하고 대보면 또 그 안에 있었다. 또 한세월이 흘러서 생각해 보니 자유란 앎에서 온다. 그리고 수용을 하면 해방될 수가 있을 것 같았다. 알면 자유로울 수가 있는 것을 왜 내가 떨어지려고만 싸웠을까. 그 무렵 문득 내가 나의 스승과 지금 평행선으로 있는 것이 아닐까 하는 느낌이 드는 것이었다. 스승은 나의 옆에 있었다. 본래부터가 스승은 옆에 있었는데 내가 앞에다 두고 있었던 것이 아니었나도 싶다. 조금은 외롭기도 하였지만 마음은 평온해지고 그러고서는 스승이 더욱 존경스러워지는 것이었다.

1982년 12월 스승은 일년여의 투병끝에 돌아가셨다. 그때 나에게는 큰 외로움이 닥쳐왔다. 혼자된 느낌이었다. 의논상대가 없어진 것이었다. 매사 혼자서 생각하고 혼자서 결단하여야만 되었다. 이 벅찬 일을 어떻게 해나가야 될까. 막막하였다. 어쩔 수 없이 혼자 해나갈 수밖에 없었다. 그리하여 나는 지금 이 망망한 바다 가운데에서 홀로 서 있다. 그렇지만 김종영 선생은 역사 속에서 큰 고전의 대열에 있고 지금도 나와 끝없는 대화를 이어가고 있다.

제이차세계대전이 끝나고 1953년 런던에서 '무명 정치수'라는 명제를 내걸고 세계에 조각을 공모하였다. 그때 한국의 사정은 육이오 전쟁의 와중이었지만 어떤 경로가 있었는지 김종영 선생이 출품을 했고 그것이 당선되었다. 한 손을 턱에 고이고 서 있는 여인의 나상인데 볼륨이 극한으로 강조되어 있고 무엇인가 깊이 고뇌하고 사색하는 듯한 표정이 인상깊었다. 그래서 사람들이 그 여인이 정치수인가 아니면 정치수를 생각하고 있는 여인인가 하고들 물었다 한다. 그 무명 정치수 사건은 나에게도 크게 관계가 된 것이었는데 조각작품을 보고서 감동을 받아 본 최초의 사건이었다는데에

김종영 선생
1990. CHOE

의미가 있다. 그런데 작가 자신에게 있어서는 더더욱 큰 계기가 된 사건이었다고 생각된다.

나는 중학교 때부터 글쓰기를 즐기고 또 온갖 문학서적을 탐독하고 있었다. 그래서 우리나라에서 발간되는 문예잡지를 빼놓지 않고 사서 읽었다. 1953년 당시 『문화세계』라는 잡지가 한동안 발간된 일이 있었다. 권두에 미술작품을 한 장씩 싣고 있었는데 몇 번째이던가에 문제의 그 작품이 실렸다. 나는 그때 어찌나 매료되었던지 그후 수십년을 그 인상에서 헤어날 수가 없었다. 그 다음해 미술대학에 들어가고 공교롭게도 그 작가를 만난 것이었다. 그러니 나에게 이 무슨 행운인가.

김종영 선생의 경우, 서구미술을 수용하는 과정에서 로댕으로부터 출발하였을 것이고, 부르델, 마이욜을 거쳐서 20세기 전반기의 여러 조형활동을 총괄해서 보고 있었으리라고 생각된다. 1945년 해방이 되었으며, 이후로 외국의 문물과는 거의 단절된 상태에 있었다. 해방 이후 50년대초에 이르기까지의 서구미술의 변화를 모르고 있었을 것인데 그 전시회를 통해서 비로소 새로운 세계에 접할 수가 있었다. 아마도 김종영 선생은 크게 놀랐을 것이고 또 동시에 마음과 눈이 열리고 자신감에 넘치는 특별난 감회를 경험하였을 것이다.

당시 허버트 리드는 그 콩쿠르의 주제를 '무명 정치수를 위한 모뉴망'이라 정하고, 이제 우리의 영감을 시험할 수 있고 우리시대가 도덕적이고 미학적인 무관심으로부터 벗어날 수 있는 기회라 역설한 바 있다. 일,이차세계대전을 치르면서 그 무모한 인간 살상극 속에서 예술가가 무슨 역할을 하였는가 하는 자체 비판과 아울러 예술과 사회의 문제, 또 정치와 도덕의 자각을 일깨우는 이 주제의 설정은 전세계에 커다란 관심을 불러일으켰다. 이 모뉴망전은 인간의 자유와 품위에 대해서 현실을 일깨우는 예술에 대한 진보적 개념을 제시하였다. 그리하여 전세계 오십칠 개국에서 무려 삼천오백명의 조각가가 출품하였다 하니 가히 그 선풍을 짐작하고도 남음이 있다. 그 중에서 약 서른 점 가량의 작품을 특별히 골라 뽑았는데 그 중의 하나가 조각가 김종영의 작품이었다는 것이다. 거기에서 선발된 작가들이 그후 이십년간 서구미술을 정상에서 주도하였다. 렉 버틀러, 마이코 바잘델리, 나움 가보, 바바라 헵워드, 안트완느 페브스너, 라르데라, 알렉산더 칼더, 밍구찌, 아담 차드윅 등 대충만 보아도 쟁쟁한 작가들이다. 그후부터 선생의 작품은 과감하게 달라지기 시작하였는데 그 한 가지 특징으로 공간성에의 확장을 들 수 있다.

김종영의 형태에는 식물성적인 순명(純明)함이 있다. 그것은 그의 체질적인 것이기도 하려니와 형태수련과 정신수련의 깊이와 관련있는 것으로 보아야 할 것이다. 후년으로 갈수록 그의 형태는 맑고 밝고 순수하며 쓴 맛이 더해 가고 있다.

김종영은 동세(動勢)에 대해서 매우 절제하면서도 전체 조형활동을 통해서 대칭을 깨뜨리기에 힘쓰고 있다. 대칭은 작품을 평면화시키고 입체성에 생기를 잃게 한다고 보기 때문이다. 그래서 그는 "모든 생명의 동적인 상태는 비대칭이다"라고 선언하기에 이른다.

김종영의 형태들은 대부분이 침묵하고 있는 괴체(塊體)이면서도 공간을 향하여 열려져 있다. 수직, 수평으로 조직되는 단순한 매스에서도 외부와의 예민한 소통을 보이는 것이다. 그의 매스에서는 항시 여백과 같은 너그러움이 보인다. 매스는 공간을 설정하기 위한 방편이라 할 수 있다. 그의 형태에 있어서 공간과 양괴는 어느 쪽이 주조(主調)라고 말하기 어려울 만큼 그는 공간의 문제에 대해서 크게 역점을 두고 있다. 튼튼한 구조력, 투명한 색채감, 식물성적인 순명한 품격, 균제와 여백… 그런 것들이 변화 있는 공간을 형성하고 높은 격조와 문기(文氣) 짙으면서 청초한 이념미(理念美)를 이룩하였다.

김종영의 조각은 입체로 쓰는 시라고도 말할 수 있겠다. 그의 시성(詩性)은 말년으로 갈수록 맑아지고 있다. 그의 형태는 돌로 씌어진 예서와 같은 형국을 하고 있다. 그의 모든 작품들은 상승의 의지를 담고 있다. 미완의 것에다가 완성의 의지를 담으려는 것, 현실 속에다가 이상을 실현하려는 것, 무한과 유한을 동시에 생활하려는 것… 동서문화의 갈등 속에서 실사구시(實事求是)의 정신으로 그것을 극복하고 이 땅에 새로운 조각사의 장을 열어 놓은 김종영은 다음과 같은 아름다운 기록을 남기고 있다.

"예술은 한정된 시간에 무한의 질서를 설정하는 것, 예술의 목표는 통찰이다."

침묵의 삶, 거룩한 聖像

조각가 김종영은 한국현대조각사의 제일세대에 속하는 인물로 그 중에서도 가장 중요한 비중을 차지하는 예술가였다. 전환기의 큰 소용돌이 속에서 외래문화의 수용과 전통문화의 계승 발전이라는 큰 명제 앞에서 그것을 거의 혼자서 풀어냈다고 해도 과언이 아닐 만큼 그의 공적은 높이 평가되어야 마땅하다고 생각한다.

김종영은 시인 정지용(鄭芝鎔)처럼 순수하게 조형언어를 갈고 닦아 그것으로 조각을 구축하고 조립할 수 있었던 탁월한 예술가였다. 조각예술을 이성활동의 차원으로 격상시키고 높은 정신세계로 끌어올린 큰 예술가였다. 아마도 그는 20세기 비서구권의 조각사 전체 속에서도 중요한 몇 사람 중의 하나일 것이라고 생각한다. 금세기는 비서구권 전체가 서구미술의 수용이라는 공통과제를 안고 있는데, 그 과정에서 김종영만큼 포괄적이고 깊이 있게 해결해낸 예술가가 흔치 않다는 말이다. 가까이 일본의 사정을 보더라도 팔십대, 칠십대 작가의 조각이 그 성격을 분명히 정립하지 못한 채 육십대, 오십대로 이어진 것을 볼 때, 김종영의 경우는 역사의 흐름새를 명쾌하게 파악해서 물고를 확실하게 터놓고 탄탄대로를 만들어 놓았다고 볼 수 있다.

이번 김종영의 대규모 회고전에서 한 가지 특이한 점을 발견할 수가 있었다. 50년대초의 작품들로부터 80년대말의 작품들에 이르기까지 기량면에서는 우열의 차가 눈에 띄지 않았다는 것이다. 그것은 초기 인체 조각의 단계에서부터 철저하게 수련을 닦았다는 증거이고, 아울러 사고력과 판단력을 폭넓게 정비하였다는 증표일 것이다. 특히 소묘 과정에서도 그것을 잘 알아볼 수 있었다. 그의 소묘 작업은 단순한 관찰과 표현이라는 영역을 넘어서 사고활동의 표현이었고 회화의 경지를 넘나들고 있었다. 이경성 국립현대미술관장이 지적한 것처럼, 오늘날의 예술이 너무 전문화되고 분업화되는 사정에 비추어 볼 때, 김종영의 활동의 포괄성은 중요한 의미를 시사하는 것이다.

김종영은 내면세계의 영토를 넓히고 그것을 갈고 닦기 위해서 철저하게 외부생활을 차단하였다. 마치 수도승처럼 생활하였는데 그의 작품도 설명성만 삭제된 성상과 같다 할까. 고요함과 깨끗함과 빛남이 보는 이의 가슴을 파고 든다. 그의 조각은 시위성이 배제되고 이야기성이 배제되고 만듦새마저도 감추어져 있다.

마치 과일나무에서 저절로 익어가는 열매처럼 입을 꼭 다물고 침묵의 미소를 머금고 있다. 그는 일생의 마지막 날까지 보다 성숙한 날을 위하여 기다리며 자제하는 여유를 갖고 있었다. 그리하여 성상이 없는 이 시대에서 거룩한 형태를 만들고 있었다. 어떤 별천지에서 혼자서 밭을 일구는 농군처럼 정말 영웅적인 삶이 아니었던가 싶다.

그가 일생 동안 매달린 조각에서 형태상의 문제는 볼륨과 면과 공간성과 구조력에 관한 것이었다고 생각한다. 더 요약하면 볼륨에서 면성(面性)에로의 진행이 아니었을까 싶다. 그는 마이욜의 양성(量性)과 부르델의 면성을 소화하는 과정에서 체질적으로는 양성이 보다 강했는데, 그래서 아르프와 헨리 무어에 관심을 가졌고, 이어 브랑쿠시와 질리올리 쪽에로 관심 가지면서 면성이 강세로 나타난다. 또한 중국의 불각정신(不刻精神)과 60년대 미니멀정신이 어울려 형태는 자꾸만 단순성에로 진행하였다.

그는 그리스의 순수 조형정신을 지극히 숭상하였으면서도 지나치게 만들어지는 것에 대해서는 처음부터 거부반응을 나타내고 있었다. 그리하여 후년에 와서는 모든것이 정리되고 허심탄회한 심경에서 십자가와도 같은 두 점의 석물(石物)이 탄생하였다. 김종영의 예술세계가 기념비적으로 완성된 것이다. 평생을 손바닥만한 작품들만 제작하다 큰 맘 먹고 형태를 키웠는데 늙으면 노욕(老欲)이 생긴다고 한동안 농담을 하였다. 그 십자가와도 같은 두 개의 돌에서 일생에 걸친 탐구의 결과가 집약적으로 웅변되었다. 양성과 면성의 계속적인 반복, 만드는 것과 덜 만드는 것과의 끝없는 교차 속에서 그것을 하나로 묶는 작업이 집요하게 추적되었다.

김종영의 예술은 과학성과 철학성에 바탕을 두고 있다. 동서문화의 종합적인 분석, 통합 작업 밑에서 수리적인 계산에 의해서 형태를 조성하고 있는데 그것이 절묘한 감성 표현으로 하여 속에 가리워져 있다. 그의 형태는 자연에 육박하는 참신성이 있다. 특히 그것은 예민한 감성이 형태의 표면을 어루만지고 있기 때문에 더욱 그렇다. 철저한 계산에서 이루어졌으면서도 마치 계곡에 널려 있는 돌들처럼 자연 그대로인 것같이 보인다. 가장 인공적인 형태이면서도 어디선가 본 적이 있는 어떤 자연 그대로의 모습처럼 보인다.

1990, choi

그는 언젠가 밑도 끝도 없이 이런 말을 한 적이 있다. "신과의 대화가 아닌가." 많은 것을 해결하고 보다 근본에 직면해 있는 상태가 아니었을까 싶다. 그는 끝까지 이성을 통해서 접근하려 하였다. 이성을 떠나면 예술이 망가진다고 믿고 있었다. 이성적인 너무나 이성적인 그의 집념이 예술의 건강성을 깨끗하게 지탱해 주고 있는 것이다.

"예술의 목표는 통찰이다." 이 말은 김종영이 자신의 예술론을 여섯 마디로 요약하는 가운데 끝 부분의 것인데 그 한마디가 그의 정신생활의 모든것을 잘 대변해 주고 있다고 보여진다. 예술의 목표는 생명의 이치에 도달하는 것, 자유와 해방, 그리고 행복에 이르는 것이라는 믿음이었을 것이다. 혼돈에서 질서로, 허상에서 실상의 세계로, 어둠에서 빛으로, 그리하여 진리 탐구를 향해 예술을 방편삼고 있는 것이다.

1975년 신세계미술관에서의 회갑기념전, 1980년 현대미술관에서의 대규모 회고전을 통해서 세상에 조금 알려지는 듯하다가 다시 김종영은 잠적해 들어갔다. 그리하여 몇 년을 보내다가 1982년 12월 그는 저 세상으로 떠났다. 그리고 세상에서 다시 잊혀졌다. 어찌됐건 김종영은 한국사의 큰 이정표이며, 큰 고전인 것만은 분명하다. 그러나 그의 천재적인 탁월한 기량과 높은 예술정신과 그가 이룩한 업적에 비해서 그 평가에 관한 작업이 너무도 미치지 못하고 있는 것 또한 사실이다. 그 점은 그가 은둔적 삶을 영위하고 있었다는 데에도 원인이 있다.

한 사람의 위대한 예술가는 갔다. 그러나 그의 정신은 그가 남긴 형태들과 더불어서 이 땅에 살아 있다. 진리를 향해 온 정성을 다 바친 수도승과도 같은 외길 67년. 한국 현대조각사의 금자탑으로, 또한 미래 세계의 파수꾼으로 오래오래 이 땅을 지킬 것이라 믿는다.

살아있는 한국조각의 고전

미의 수도자, 근대조각의 이정표, 순수조형 의지로 일관한 선구자, 한국 근대조각사에서 오직 한 사람의 참다운 조각가… 이것은 근간 조각가 김종영 선생에 대한 평자들의 견해의 일단이다.

1953년 런던에서 열린 국제조각전「무명 정치수를 위한 모뉴망」에서 입상하였을 때 당시『문화세계』라는 잡지에 그 작품사진과 더불어 작가의 글이 한 구절 실려 있었다. "사람들은 나에게 그 여인이 무명 정치수냐, 아니면 무명 정치수를 생각하고 있는 여인이냐고 묻는데, 나는 단지 나의 정성을 다했을 뿐이다." 이 아주 짤막한 이야기는 그의 일생에 대해서 매우 중요한 의미를 시사해 주고 있다. 그는 처음부터 형태에 설명성을 주입하려 하지 않았으며 순수조형으로 다루고자 일관하였는데, 우성(又誠)이라는 그의 호처럼 작품으로나 생활에 있어서나 정성, 또 정성의 정신으로 흐트러짐 없이 일관했다.

이번 현대미술관 초대전은 한국 근대미술을 재평가한다는 뜻 외에 두 가지의 큰 의미를 지닌다. 첫째는 작가로서 일생 동안 무슨 일을 해왔는가에 대해서 회고하며 그것을 우리 사회에 환원하는 것이고, 둘째는 그가 몸담아 온 서울대학교를 퇴직하면서 삼십이년간의 연구활동을 작품집으로 펴내어 교직생활을 총결산한다는 것이다.

작가를 알고 그 작품을 생각해 볼 수도 있겠고, 또 작품을 보고서 그 작가를 상상해 볼 수도 있겠는데, 나는 일상 작품을 보면서 그가 무슨 생각을 하면서 어떻게 살아왔으며 왜 그런 형태를 만들게 되었는가에 대해서 큰 관심을 갖고 있다.

김종영 선생의 형태가 엄격하고 간결하며 고요한 것은 그의 사상과 생활하는 자세에서 연유된 것이다. 동경에서 미술학교를 마치고 고향에 돌아와 해방이 될 때까지 시골에 묻혀 있다가 서울대학이 생기면서 거기에 몸담고 다른 대학에는 강의 한시간 나간 일 없이 그 자리에서 정년을 맞았다. 육이오 이후 학도병들의 넋을 위해서 포항에 〈전몰학생 기념탑〉을 세웠다. 사일구 후 파고다공원 안에 〈삼일 독립선언 기념탑〉을 만들었을 뿐 일체 외부 일에 손대지 않았다.

그는 사회의 바른 기강과 인류의 장래에 대해서 염려했다. 그러기에 매사 순간을 범상히 넘길 수 없었으며 한치라도 더 문화의 격조를 높이고자 애써 왔다. 그것이 대중사회에 삶의 풍요를 가져 온다고 믿기 때문이었다.

김종영 선생의 경우, 그 작품과 사상과 그의 생활이 일치한다. 역사에 대한, 사회에 대한, 또 자아에 대한 철저한 비판정신으로 의(義)를 찾아 행하며, 그리하여 학문 · 예술 · 덕망을 한 몸으로 생각한다. 그는 사상을 형태로 실천하는 작가이지 결코 단순한 조각가라고는 볼 수 없다.

김종영 선생은 요즘 마치 추수의 계절을 맞은 농부와 같다고나 할까. 어떤 나라의 속담처럼 고양이 손도 빌리고 싶을 것이다. 가슴속에 형태는 무수히 잉태되고 그 어떤 것을 먼저 끄집어낼까 하는 그런 충만한 시간인데, 그에게 있어 작품의 성격을 결정짓는 것은 바로 옆에 어떤 재료가 눈에 띄는가 하는 데에 달려 있을지도 모른다.

김종영 선생은 거의 황무지였던 이 땅에 진정한 조형이 무엇인가를 심어 놓았다. 마치 서구에서 로댕이 새로운 조각의 장을 열어 놓았듯이, 그는 오늘의 한국조각이 안심하고 출발할 수 있는 굳건한 터전을 이룩하였고, 지금은 이미 살아있는 고전이 되고 있다.

파고다공원 삼일독립선언 기념탑

삼청공원 뒤편 구석진 곳에 녹색판자로 된 얼핏 간이변소인가 싶은 구조물이 하나 서 있는데, 그 속에 무엇이 들어 있는지 무심코 보는 이들은 아마 의아하게 생각할 것이다. 태극기를 높이 들고 목이 터져라 독립만세를 외치는 군상 조각이 그 밀폐된 공간에 갇혀 있다. 태극기는 부러져 땅에 떨어져 있고 독립만세 그 함성은 녹색의 판자곽 속에 갇혀 아무도 들어주는 이가 없다.

그 조각은 십칠년간 파고다공원 안에 있다가 1979년 후반쯤 어느날 영문모르게 헐려진 삼일 독립선언탑의 동상 부분인 만세상인 것이다. 이 동상이 발견될 당시는 땅에 쓰러져 한쪽면들은 흙 속에 묻힌 채 거적에 덮어 씌워져 만세부르는 일부 손들은 살려 달라는 듯이 허공을 향하여 절규하는 모습이었다. 1980년 7월 8일 이 사실이 서울신문에 보도되고 이어 11일 그 적나라한 사진이 게재되자 놀라지 않은 사람이 그 누구가 있었으랴. 문자 그대로 세인들은 분개하고 경악을 금치 못하였다. 그 현장은 참으로 처참한 것이었다. 그리하여 소위 삼일 독립선언탑 사건은 우리의 미술사에 길이 지워질 수 없는 아픈 기록으로 남게 된 것이다. 며칠 후 그 동상은 일으켜 세워지고 지금과 같은 녹색의 상자 속에 포박당하여 만 삼년 반 동안을 귀가 시리도록 시시비비를 들으면서 마냥 그렇게 서 있는 한심한 기념물이 되어 버렸다. 마치 왜정치하 감옥에 묶여 해방의 날을 애타게 기다리는 독립투사들처럼.

알 수 없는 것은 그것이 왜 헐렸으며 어떤 절차가 밟아졌는가이다. 동상에 녹물이 나고, 독립선언문에 한자가 많아서 어린이들이 읽을 수가 없고, 외국인들이 읽을 수 있게끔 영문표기를 해야 하겠고, 팔각정과의 배치관계가 안 좋아서라고 구차한 변명을 하고 있었지만, 당시 미술협회와 조각단체들의 즉각적인 항의와 빗발치는 여론 앞에 당국은 함구할 수밖에 없었다. 왜 헐었는가, 시(市)의 공원녹지관계 자문위원회는 거쳤는가, 어떤 절차를 밟았는가, 한국미술의 올바른 발전을 위해서 이것은 언젠가 명명백백히 밝혀져야 할 일이다.

1980년 8월 7일자로 국가보위 비상대책상임위원회는 철거동상을 진정인(원제작자), 미술단체, 사계인사와 협의하여 조속 복원토록 시 당국에 지시하였다. 그와같은 사실은 곧 청원자들에게 문서로 전달되어서 어떤 언론인은 문화계의 모처럼의 쾌사요, 경사라고 자기일처럼 기뻐하던 것을 기억한다. 당시 여론을 종합해 보면, 국민의 성금으로 되어진 것이고 민족혼의 상징이며 예술적으로도 역사에 특기할 만한 작품이며 십칠년간이나 국민의 가슴 속에 지워질 수 없게 영상화된 기념물이어서, 그 복원은 파고다공원, 원래의 장소에 원상대로 범국민적인 절차와 화합의 정신으로 이루어져야 한다는 것이었다.

그 뒤 시 당국이 사계인사와 협의하는 흔적을 볼 수가 없었고, 시간은 흘러서 1982년 원작가(김종영 교수)가 병을 얻어서 제자들이 안타까와하는 가운데 여섯 개 조각단체들이 당국에 문의한 바, 동년 4월 2일자 '계속 연구검토중'이라는 회신을 받고 이에 조각계는 다시 격분하였다. 원작가의 병세는 악화되어 위독지경에 이르러 문제는 급기야 국회에까지 비화하였는데, 1982년 11월 3일 당시 김성배 서울시장은 내무분과위원회에서 양창식 의원의 질의에 다음과 같이 답하였다.

"파고다공원 내에 설치했던 연유가 상당히 오래된 이야기입니다. 이 기념탑이 지적하시는 대로 63년 대통령각하 하사금과 성금에 의해서 건립이 돼서 공원 정비를 한서너 번 했습니다만, 79년 당시 공간배치가 좀 불합리하고 주변 경관에 좀 부적격하고 그 다음 선언문에 한문이 많이 섞여 있어서 시민의 이해가 어렵지 않느냐, 이런 뜻이 여러가지 포함돼, 또 파고다공원의 전체 정비를 하려고, 그것을 일부 철거해 삼청공원에다 별도로 보존각을 만들어서 거기에 현재 보존하고 있는 것이 사실입니다. 그래서 그동안 여러번 지적도 계셨고 또 학계에서도 여러가지 지적이 계셨지만, 구체적으로 저희들이 솔직이 말씀드려서, 어떻게 하겠다는 방침을 세운 바는 없습니다. 지금 지적하시는 대로 저희들이 파고다공원을 다시 한번 정비를 해서 지금 옮긴 탑을, 기념탑을, 동상을, 독립기념탑이 되겠습니다만, 이것을 가급적이면 원위치에 다시 가지고 와서 새로이 단장을 하겠습니다. 조금 불합리한 점은 원작가한테 정비를 위촉해, 저희들 요청대로 다시 새로운 정비를 해서라도 원위치에 가져 오는 것이 옳다고 생각합니다. 그래서 그런 방향으로 추진하도록 하겠음을 이 자리에서 답변 올리겠습니다."

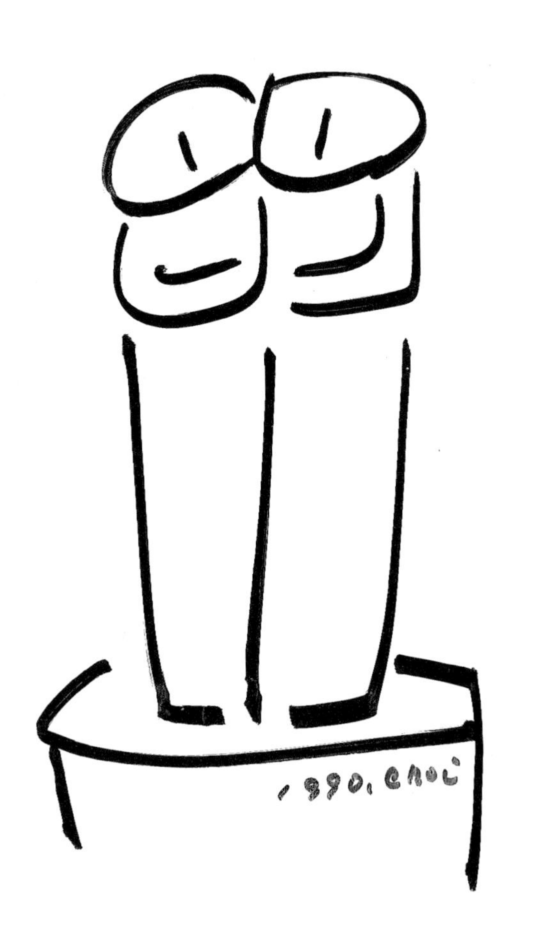
1990. CHOI

그날 밤 TV 뉴스시간에 즉각 자막으로 삼일 독립선언 기념탑은 원장소에 원상대로 복원한다는 보도가 나간 바 있다. 그런데 일년이 지난 지금 파고다공원은 재정비되어 시민의 광장으로, 독립정신의 광장으로 개방되었는데, 삼청공원 뒷구석에 그 예의 판자는 여전히 쓸쓸히 서 있다.

이 독립선언 기념탑은 모금에 의한 국민의 성금과 박정희 국가재건최고회의 의장의 특별기증금으로 충당, 총공사비 520만 2,825원을 들여서 1963년 8월 15일 16시 제막과 동시에 서울시에 이관되었다. 건립위원회 위원장은 당시 재건국민운동본부장 이관구, 고문에는 박정희 의장, 지도위원에 유진오 외 2명, 상무위원 12명, 평의원에 국가기관의 장과 교육, 경제, 언론기관 등의 장 및 종교, 사회단체의 대표 등 95명, 문안위원에 이병도, 유달영 외 7명, 기예전문의원 장우성 외 8명, 독립선언문 글씨에 김충현, 뒷면 연기문(年紀文)은 이은상, 글씨에 이철경 등 거국적인 조직으로 추진되었고, 제막식 또한 범국민적인 행사로 치러지면서 조각가 김종영 교수에게 감사장이 증정되었다.

이 독립선언 기념탑은 복원될 것인가. 민의의 전당, 국회에서의 서울시장 답변은 무엇을 의미하는가. 민족의 독립정신, 우리들의 문화정신, 참으로 안타깝다.

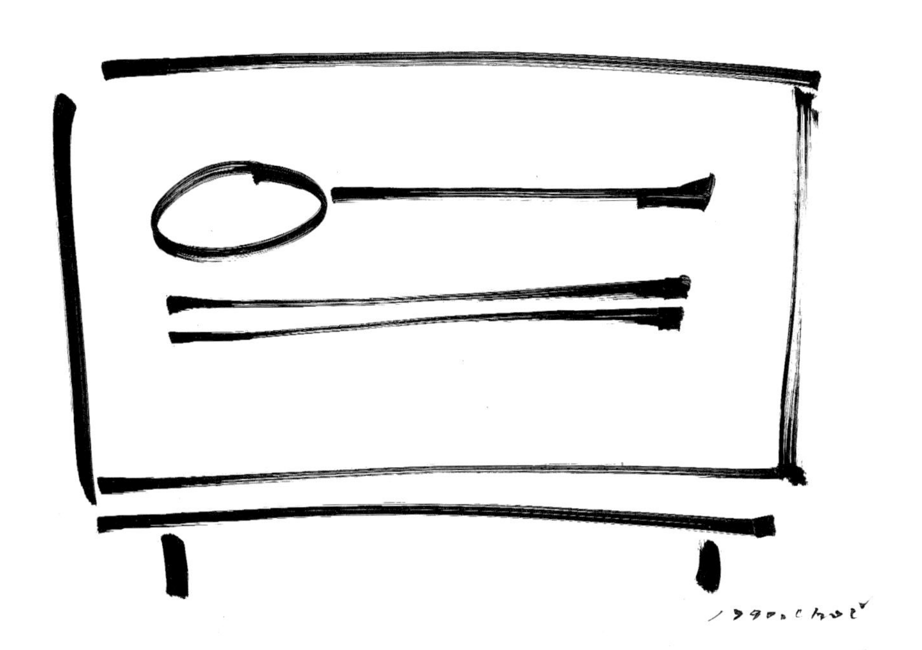

적인 이해를 떠난 일에 몰두할 수 있는 유희적인 태도를 가질 수 있는 여유 없이는 예술의 진전은 기대할 수 없으며, 동서고금을 통해서 위대한 업적을 남긴 사람들은 모두 헛된 노력에 일생을 바친 사람들이다"라고 말하였다.

선생은 침묵으로, 맑은 눈으로 사물을 관찰하였다. 그의 형태는 산이고, 바다이고, 사람의 옆 얼굴이며, 꽃이고 나무이며 또 가녀린 풀잎이기도 하였다. 예지에 빛나는 시각으로 하여 사물을 바꾸게 한다. 사물들은 그 모습을 바꾸어 줌에 힘입어 자유를 얻는다. 그들은 작가의 침묵의 심층부에서 생명을 얻어 밝은 세상에 현현(顯現)한다. 탄생은 일종의 변용(變容)이다. 보다 완전한 생명은 기예의 수련을 통해서 가능하다. 수련의 끝은 꿰뚫음이다. 선생은 수련의 꿰뚫음을 얻어서 형태를 자유롭게 하였다. 그는 보다 근본적이고 보다 내면적인 충실을 얻고자 표면을 만지지 않는다. 불각(不刻) 또 불각, 그리하여 형태가 빛으로 있게 하고 싶었을 것이다. 그의 형태는 빛이다. 내면에 충만하는 빛으로 인해 형태는 가까스로 몸을 가누고 있다. 맑고 투명한 빛으로 가득한 형태를 나는 보고 있다. 그것은 마치 순진무구한 아기의 웃음머금은 얼굴을 보는 듯했다. 탈속한 무작위를 본다. 거기에서 나는 영원과 같은 것을 읽고 있다. 이 세상에서 저 세상으로 관통하여 구애됨이 없는 순결과 영원을 나는 보았다. 그것은 기쁨의 세계였다. 참으로 감당하기 어려운 데까지 그는 갔다. 예지와 총명이 아니고는 이를 수 없는 곳일 거라고 생각한다.

내가 스승 김종영 선생을 만난 것은 복 중에서도 큰 복이다. 나는 내가 가진 국어 실력을 백분 발휘해서 선생에 대한 찬사를 쓴다고 해도 그가 이룩한 경지의 백분의 일도 설명할 수 없다는 것을 잘 안다. 한 시대가 가질 수 있는 희유의 천재를 만날 수 있다는 것은 복 중에서도 가장 큰 복임을 나는 안다. 그것은 한 시대의 복이며, 구구장장(久久長長) 뒷사람들에게도 큰 복이다. 나는 떨림 같은 것을 느낀다. 병석에서의 선생은 풍상을 다 겪은 한마리의 늙은 호랑이 같았다. 그가 우리를 보며 혼잣말처럼 이렇게 말하던 것을 기억한다. '늙고 병든 한 마리의 양을 구하려고 저리들…' 그 여운이 지금도 내 귀에 생생하다. 무언가 여럿이 한군데로 모이는 것 같은 느낌이 움트는데 이미 그때는 서로 대화를 할 수가 없었다. 나는 그것이 못내 아쉽다. 그는 더 깊은 데 있었기 때문에 나는 거기까지 말을 전달할 힘이 없었다. 아, 세상은 참으로 무상하다. 송오거(宋吳琚)의 글귀가 생각난다.

橋畔垂楊下碧溪	다리 옆에 수양버들 맑은 물에 늘어졌네
君家元在北橋西	자네 집은 원래 북교 서편에 있었건만
來時不似人間世	세월은 인간의 세상과 같질 않아서
日暖花香山鳥啼	꽃은 피고 산새 울며 따스한 봄볕은 변함이 없구나

나는 여기서 그가 노트한 것 중에서 몇 부분을 발췌하여 기록하고자 한다. 이것이 그의 정신적인 면을 이해하는 데 도움이 될 것으로 믿어서이다.

"예술이 인간생활에 미치는 영향은 지적(知的) 수준을 높인다거나 도덕적 감정을 길러 준다거나, 또는 신앙을 고취시키는 데 있는 것은 아니다. 그보다도 더욱 깊은 인간의 심정에 미치는 영향을 생각해야 할 것이다. 예술교육은 국민감정의 개발작업이며 개발되지 않은 인간의 감정은 정서가 막연하고 생명에 대한 모든 의욕이 약할 것이다."

"우리는 언어를 통해서 조형예술의 사상의 소재를 알고 기법의 이해를 촉진시킨다. 언어를 통해서 예술에 관한 모든 지식을 넓힌다."

"예술이 표현한다는 의미에서 기술적 작업이 아닐 수 없겠지만 어떤 주제를 묘사한다든가 작업의 세련을 추구하는 시대는 이미 지났다. 그러면 현대에 있어서 기술이라는 것은 무엇을 뜻하는가. 한마디로 말해서 현대예술에 있어서 기술이라는 것은 정신적 행동이라고 보는 것이 타당할 것이다. 기술은 단순하고 소박할수록 좋고 내용과 정신은 풍부할수록 좋을 것이다."

"대예술가의 개성이나 독창성이라는 것은 기법의 특이성에 있는 것이 아니고 오랜 경험에서 이루어진 자각과 달관의 경지라고 하겠다. 세잔느의 예술은, 그의 개성에 의해서 평가되는 것이 아니며 그의 인격과 의지와 성실성에 가치가 있다고 보겠다. 만약 세잔느의 예술이 남이 근접할 수 없는 기발한 개성이었다면 폭이 넓은 세계적 기여란 것이 없었을 것이다. 이와같은 위대한 예술의 덕성에 비하면 오늘날 소위 전위 예술이란 것이 얼마나 교활하고 천박한 이기심에서 벗어나지 못하고 있는가를 알 수 있을 것이다. 위대한 천재가 보는 눈은 만인의 눈을 대신하는 것이다."

"조형예술에 있어 형태가 명료하려면 첫째 물체에 대한 관찰과 인식이 철저해야 하며 형체에 덧살이 붙어 있는 한 결코 명료할 수 없다. 철두철미 덧살이 제거되기까지 추구하는 집요한 노력이 필요하다. 말하자면 형체와 공간 사이에 불필요한 것이 없어야 된다. 사물을 이렇게 명확하게 표현하는 태도는 아무래도 동양사람이 서양사람보다 못한 감이 있다. 의지와 행동에 있어 적극성이 부족하고, 사물을 인식하는 데 과학성이 부족한 탓이 아닌가 한다. 이념이나 표현을 명확하게 한다는 것은 모든 예술에 있어 가장 기본적인 요건이다."

"조형예술에서 달성하려는 예술적 시도가 아름다운 것을 실현하려는 것이라기보다 감동적인 것이라든지 인간성을 확대시키는 시각적 현상을 확인하려는 노력이라고 보는 것이 타당할 것이다."

"예술은 리얼리티를 확인하는 것이 아니고 리얼리티와는 다른 무엇을 창조할 수 있는 인간의 능력을 확인하는 행위이다. 현실이란 결코 아름다운 것만이 아니다. 미는 상상력의 세계에 있는 것이며, 그것은 현실에 존재하는 모든 실상에 대한 부정의 뜻을 갖는다. 예술은 리얼리티를 판정하기 위한 가치를 창조하는 행위이다."

"회화나 조각에서 투철한 공간이념을 갖는다든지 재료에 대한 감성을 기른다든지 매스에 대한 예민한 판별력을 기른다든지 하는 수련 없이 형식의 모방만 일삼고 있는 한 조형미(造形美)의 본질에 접근하지 못할 것이다. 이러한 기술적인 난관과 제약을 극복하지 못하는 데서 많은 미술가들이 조형예술의 대도를 이탈하여 방황하고 있는 것은 안타까운 일이다."

"우리가 항상 희구하면서도 얻기 어려울 뿐 아니라, 그 정체를 명확히 파악하기 어려운 것은 무한한 것, 영원한 것, 행복한 것 등인데, 인간은 여기에 대한 욕망을 채우기 위해서 온갖 노력과 방법을 취하고 있는 것이다. 그러나 나는 문득 이 세 가지를 생각할 때 이것은 결코 먼 곳에 있는 것이 아니라 극히 사소한 우리의 신변에 있는 것이라고 생각한다."

"현대의 조형이념이 형체의 모델링에 있는 것이라기보다도 작가의 정신적 태도를 더욱 중시하고 있는 것은 동양사상의 불각의 미와 더욱 상통한다고 볼 수 있다."

“현대예술이 과학을 초월하고 있다는 것은 과학문명에 대한 예술의 태도에 불과한 것이지 과학을 무시한다거나 인연이 없다는 것으로는 볼 수 없다.”

“무지와 교활이 범람하고 있는 이 사회에서는 진리를 논하고 엄한 원칙을 따지는 것을 피하고 있다. 차라리 자성(自省)과 명상을 벗삼아 일에 몰두하는 편이 나으리라. 대체로 예술가를 훈련시키는 것은 제작, 반성으로 족하다. 겸양과 용기와 사랑의 미덕을 길러 주는 것은 오직 제작의 길뿐이다.”

“우리는 예술가와 농부의 말을 굳이 들으려 하지 않는다. 그들이 수확한 열매를 맛보면 그만이다. 그들의 수확은 인간에게 삶의 기쁨과 희망을 갖게 한다. 부지런히 일하고 정직한 것은 예술가와 농부의 미덕이다.”

“작품은 예술가의 창조품이 아니다. 개성이니 창작이니 하는 말을 나는 싫어한다. 인간에게는 창조력이 부여돼 있지 않다고 본다. 나는 창작을 하겠다고 마음먹은 적이 없다. 창작의 능력이 있다고도 생각하지 않는다. 다만 자연이나 사물을 이해하고 통찰력을 길러 갈 뿐이다. 작품은 사물에 대한 이해의 실험에 지나지 않는다.

적어도 예술을 말할 때 자기를 속이고 남을 속이지 않는 한 무엇을 위한 예술은 있을 수 없다. 그래서 옛날부터 동서양을 막론하고 예술은 실용적 가치 이전에 하나의 유희로 보았던 것이다. 비단 예술만이 아니라 사람의 참된 행위란 자신을 기만하지 않는 데서 이루어지는 것임에도 불구하고 예술이란 이름을 팔아서 자기를 속이고 남을 속이는 가식적인 예술이 범람하는 것은 예술을 특정의 실용목적을 위해서 이용하려는 때문이다. 예술이 사람의 행위인 이상 결국 남을 위하는 것이 되고 말 것이니, 그러기에 베토벤은 최후에 ‘나는 인류를 위해서 포도주를 빚었노라’고 한 것이 아니겠는가.

‘모든 사람은 거짓을 보았을 때, 어디서든지 거짓과의 협력을 단호히 거부해야 한다. 말하도록 강요당하거나 서명, 혹은 단순한 투표, 또는 어떠한 강요를 당하든간에…’ 이것은 솔제니친의 말이다. 거짓과 자유를 동시에 표현한 이 정직한 예술가의 말은 온 세계의 지식인, 혹은 예술가들의 뇌리에서 잊혀지지 않을 것이다.”

김종영 선생의 위 말들은 우리가 일의 주변에서 늘상 경험하는 평범한 것 같은 문제에 대한 깊은 관심인 것이다. 흔히들 보통 정도로 생각하고 지나가는 문제들에 대해서 그는 깊은 관심을 표명하고, 거기에서 올바른 이해를 얻고자 한 것이다. 닥쳐오고 또 흘러지나가는 모든 문제들에 대해서 예술가는 예민한 감각으로 그것을 포착하고 분별하며 꿰뚫어서 자유를 얻고자 한다. 그는 매사 관찰하고 수련을 통해서 그것을 극복한다. "데생을 한다는 것은 무엇인가. 어떻게 해서 터득할 것인가. 이것은 느낄 수 있는 것과 할 수 있는 것 사이에 눈으로 보이지 않는 철벽을 뚫는 작업이다. 이 벽을 어떻게 뚫을 것인가. 이 벽은 두들겨도 아무 소용이 없다. 다만 서서히 줄질을 하며 인내와 지혜로써 뚫어야 할 것이다." 이것은 반 고흐의 말이지만 바로 선생의 말이기도 하였다. 문제를 포착하고 인내와 지혜로써 극복하여 자각에 이른다. 그것을 기발하고 특별난 데서 찾는다기보다 아주 신변적이고 평범한 것 같은 속에서 찾아 더욱 심오하고 비범한 가치로 끌어올렸다. 김종영 선생의 사상은 얼핏 평범한 것 같으면서도 오랜 인내와 명상을 통해서 관철된 것임으로 해서 심오한 생명력을 갖는다.

그는 조각뿐만 아니라 많은 소묘작품과 회화작품, 그리고 남달리 특출한 서예작품과 앞서 조금 소개한 것처럼 값진 기록들을 남기고 있다. 이 여러가지 그가 남긴 업적들은 앞으로 여러 각도에서 탐구될 것으며, 후학들을 위해서는 귀중한 자료가 될 것으로 믿는다. 만약 어떤 사람이 훌륭한 일을 했다고 할 때, 그는 역사와 현실을 종합하고 판단해서 도달하는 것이므로 반드시 미래에 대한 큰 역할을 하게 될 것으로 보인다. 그것은 과거의 인류 역사가 잘 증명해 주고 있는데, 세잔느가 현대미술의 전개에 얼마나 크게 기여하고 있는가 하는 것이 그 한 증거이다. 이탈리아 문예부흥기에 있어서의 레오나르도 다 빈치나 미켈란젤로가 후세의 정신문화에 끼친 영향은 실로 막대하다. 로댕은 프랑스의 역사에 새로운 조각을 탄생시켰고, 그것은 프랑스에 그치는 것만이 아니라 세계의 조각사에 변혁을 가져온 것이 아닌가. 한 사람의 천재는 역사의 새로운 문을 연다. 필자가 앞서 언급한 바와 같이 김종영 선생에 대한 이야기는 바야흐로 지금이 시작이고 앞으로도 젊은 세대들에 의해서 이야기될 것이다.

김종영 선생은 참으로 세속에서는 아무것도 구하지 않았다. 이경성 씨가 본 것처럼 미의 수도자였으며 그는 농부였다. 인류의 정신적인 양식을 만드는 농부.

김종영 선생은 소위 화단활동이란 것을 거의 하지 않았다. 일년에 한번 국전에 출품한 것이 고작이었고 그것마저도 1965년 무렵부터는 중단하고 그야말로 수도적 자세로 일관하였다. 그러는 가운데 1975년 회갑을 맞아 제자들에 의해서 처음 개인전을 갖게 되어 일반에게 공개되었다. 그는 70년대초에 세 평짜리 작업실을 담 밑에 이어서 짓고 흐뭇해

하며 거기에 안주하였다. 1980년 평생을 몸담아 온 서울대학교를 정년으로 퇴임하면서 현대미술관 초대로 본격적인 대전람회를 가진 바 있다. 그것은 우리가 익히 알고 있는 바다. 그뒤 선생은 집다운 집을 하나 만들고 자신의 작품을 제자리에 놓고 보고 싶다는 생각을 하였다. 그는 늘 마당에서 일할 수밖에 없는 살림이었는데다가 작품들을 여기저기 구석에 무슨 물건처럼 싸놓고 있었기 때문이다. 그 무렵 호암미술관의 호의적인 배려가 있어서 그 실현이 가능할 수 있는 여건이 만들어졌다. 그때 선생은 부인과 함께 마루에 앉아서 매우 난처한 표정으로 걱정을 하고 있었다. 집을 짓는다는 것이 미안해서였을 것이다. 그때 나는 이렇게 말했던 것을 기억한다. "한 예술가가 일생을 어떻게 살면서 어떻게 일하며 노년을 이렇게 살더라 하는 것이 많은 제자들에게 큰 용기와 희망을 줄 것입니다." 그런데 그는 새 작업실에서 망치 한번 들어보지 못하고 이 세상을 떴다. 많은 친지와 제자들이 그것을 못내 섭섭해했지만, 또 어찌 생각해 보면 당연한 귀결이었는지도 모른다. 그의 인생과 예술에 임하는 사상을 더듬어 볼 때, 그에게는 집이 없었을는지 모른다. 그리하여 그의 일생은 촌부로서 끝나고 그가 개척하여 이룩한 정신의 세계만이 남았다.

한 시대를 정명(睛明)하고 크게 살다간 예술가 김종영 선생에 대한 평가의 문제는 앞으로도 많은 사람들에 의해서 규명될 것이다. 그래서 나는 단지 선생을 일생 동안 말없이 받아들이고 지켜 준 부인의 현명한 덕에 감사하고 스승을 기리는 오직 한마음으로 이 글을 바치는 것임을 여기에 밝힌다.

절대를 향한 탐구

김종영 선생에 대한 이야기는 작금에 겨우 시작이다. 바로 몇 해 전만 하더라도 이런 조각가가 한국에 살고 있다는 사실을 태반의 사람들이 모르고 있었고 예순다섯 살을 넘기는 이제사 조명이 닿는다는 것은 참으로 기이하고 때늦은 감이 있다.

나는 일을 하다가 문제가 생긴다든지 살아가면서 무슨 판단이 어려울 때면 김종영 선생을 생각한다. 과거의 많은 작가들에 대한 생각도 매일같이 하지만, 선생의 경우보다 직접적이어서 그에게 비추어 보아 해결의 실마리를 찾는다.

삼선동 언덕 어떤 한촌(寒村)에서 근 이십년을 살고 있는 집을 처음 방문하는 사람이면 누구든 우선 놀라고 숙연한 기분을 느끼리라. 여든이 넘은 노모와 평생을 슬기롭게 지켜온 부인과 이제는 노경을 그 어느 때보다도 바쁘게 살고 있다.

나는 그 언덕길을 오르내릴 때마다 힘이 솟고 이상한 흥분 같은 것을 경험한다. 어떤 날 들러 보면 화선지에 묵화를 그리고 있고, 어떤 날 들러 보면 스케치북에 마당가의 나무를 그리고 있고, 어느 땐가는 북창(北窓) 너머로 바라보이는 판자촌 풍경을 틀에 끼우고 있었는데, 사방으로 보이는 주변 풍물들이 그의 예술의 반려자가 되고 있다는 사실을 한눈으로 볼 수 있었다. 작업실에서, 마당에서, 마루에서, 방에서, 집안 전체가 작업현장이며 밤과 낮의 구별없이 한시도 쉬는 날이 없다. 그가 가만히 있는 시간은 무슨 문제가 생겼든가 아뭏든 불편한 시간임에는 틀림없는데, 그에게서는 일하는 것과 쉬는 것을 구별하기가 어려워 일하면서 쉬고 쉬면서 일한다고 말해야 옳을 것 같다.

어두운 밤 갑자기 일어나서 낮에 하다만 돌을 손질하고, 어떤 새벽 불현듯 일어나 어제의 일을 확인하며 온 집안에 널려 있는 형태들이 혹 어딘가 불편할세라 다시 보고 또다시 보는 각고의 나날. 가장 구체적으로 가장 명료하게 자신의 생을 살며, 형태들은 거기에서 어쩔 수 없이 생겨나는 흔적일 수밖에 없는 것이다.

김종영 선생은 자신의 작품에 대한 이야기를 할 때면 항상 신이 나 있고 어린애같이 미안해하는 표정을 하는데, 세상 이야기를 할 때면 항상 안면이 찌푸러지고 화가 나 있는 표정이 된다. 찌푸러진 표정이었다가도 작품 이야기로 넘어가면 금시 웃음이 차고 눈이 빛나고 홍조를 띠는데 옆에 있는 사람도 덩달아 신이 난다.

그는 자신의 시대, 곧 우리들이 당면한 이 시대에 대해서 크게 책임감을 느끼고 있는 것 같다. 자신의 예술세계에 대해서뿐만 아니고 교육자로서, 사회인으로서 또 역사에 대해서, 다시 말하면 미래에 대해서 책임감을 가지고 오늘을 살아간다. 명분을 위해서 이해를 떠나고, 대아를 위해서 소아를 버리고, 현세를 초월해서 영원을 구하며 심지어 예술 자체도 초월코자 뜻을 둔다. 시공 바깥에서 현실을 진하게 살아가는데 그래서 나는 어려운 문제가 생길 때마다 김종영 선생을 본보기로 삼는 것이다.

훌륭한 작가일수록 지나간 역사가 모두 그에게로 몰리고 미래의 역사가 거기서부터 시작한다. 훌륭한 작가일수록 진실이 본능적으로 추구되며 한 시대의 대표자로서 마땅히 그렇게 살아가야만 될 길을 주저없이 걸어간다.

선생이 가장 존경하는 예술가는 아마도 왕희지(王羲之), 추사(秋史), 세잔느, 브랑쿠시가 아닌가 싶다. 근대회화는 세잔느로부터 비롯하고, 조각은 브랑쿠시로부터 시작하고, 서예는 왕희지로부터 비롯해서 추사에 이르러 완결했다고 하면 너무 독단이 되겠지만, 김종영 선생을 생각하면 그분들이 떠오르는 것을 나는 어쩔 수가 없다.

나는 우리나라에서 김종영 선생처럼 조형활동의 폭이 넓은 예술가를 본 적이 없다. 먹 다루는 솜씨와 연필, 과슈, 오일 페인팅을 본 사람이면 누구든 놀라지 않을 수 없을 것이다. 나는 최근 그의 꼴라쥬들을 보고서 그 엄격성과 신선함에 다시 한번 놀랐다.

모든 조형을 원점에서부터 시작하고 미술사의 원칙에서 벗어나지 않는다. 그는 매사에 기본을 존중하며 사물을 파악하는 데 역사에 겸허하다. 일에서부터 시작하고 백을 헤고, 천을 헤고, 만을 헤고 그리고 억겁을 헨다. 그것이 얼마나 어려운 길인가를 나는 체험으로 잘 알고 있는데, 너무 어렵기 때문에 항상 나도 모르게 피하고 싶어지기만 하는 것이다. 그는 멀리 있기 때문에 여간해서 손이 미치지 않는다. 옆에 있어도 그가 있다는 것을 알기가 어렵고 그래서 사람들의 눈에 잘 띄지가 않는다.

그의 형태는 치밀하고 조직적이며 어느 작은 부분이고간에 소홀히 건너뛰는 예가 없고, 입체를 다루는 데 있어 어느 한 시각으로 고정하는 바가 없어서 앞뒤가 없는데, 형태에 자유를 부여코자 구속요인을 없애려 하는 배려 때문이 아닌가 싶다.

그는 형태를 다루는 데 그 모양져 있는 본질을 중요시하는 것 같다. 근엄한 자세로

그 상태를 응시하며, 마치 새를 잡는 데 다칠까봐 조심스러운 마음가짐으로, 깎는 자와 깎이는 돌이 유머러스한 친화력으로 하여 공존한다. 다시 말해서 형태에 강제성을 주지 않는 것이며 그 물체가 제 스스로 그렇게 생겨진 것처럼 손대는데, 그것은 사물에 대한 지극한 겸손과 애정의 소산이 아닌가 싶다.

작가들은 육십대에 흔히 현상유지를 하는 수가 많은데 김종영 선생의 경우 근작으로 올수록 자유분방하며 생기가 더해 가고 손을 대면 끝난다. 그 격조에 있어서 할 말이 없고 그 순수도에 있어서는 자연에 육박하며 훈기와 여유를 더해 간다.

손을 대는 것도 중요하지만 손을 떼는 것은 더욱 중요하다. 요즘 일련의 작품들을 보고서 손을 떼는 시각의 절묘통쾌함에 나는 또한번 감탄하였다. 사람이 살아있는 물체를 만든다는 것은 생각만 하여도 신기한 일이다. 손을 떼는 시각은 그 작가의 컨디션인데, 완벽하면서 가장 살아있는 상태에서 손을 뗄 수 있다면 얼마나 다행한 일인가.

이 근래 김종영 선생의 작업은 더욱 단순해지고 있다. 얼핏 보기에 단순한 그 형태는 잘 들여다보면 잠시도 가만히 있는 곳이 없고 어디론가 움직이고 있다. 면과 면들이 주고받는 조용한 속삭임, 볼륨은 흐르는 물처럼 맺힘이 없다. 계곡에 널려 있는 돌덩이 같고 한 포기의 풀과 같아서 부담이 없고 생명의 근엄성과 오묘함이 마치 꽃봉오리 같다 할까. 잘 바라보면 웃음이 절로 난다.

돌이 있으면 그 돌의 생김새대로 하고, 나무가 있으면 그 나무 모양이 파악될 때까지 기다리다가 불필요한 부분만 떼어낸다. 그는 인위적인 것을 아마 싫어하는 것 같다. 본래부터 그렇게 있었던 것처럼 만들어내는데 어떤 것은 전혀 만들었다는 흔적이 없어서 조각인지 물건인지 몰라보겠다는 것들이 있다. 일을 하다 보면 이것도 조각이라고 할 수 있겠는가 의심스럽고 두려울 때가 있는데 그럴 때일수록 작가는 힘이 생기고 신명이 나는 것이다.

김종영 선생의 조형정신은 옛 선현이 말한 기운생동(氣韻生動), 골법용필(骨法用筆)에 있지 않나 싶다. 단맛과 잔재미를 뛰어넘고 쓰겁고 간결하며 그래서 그는 아시아에서 추사, 서구에서는 세잔느를 최상의 격체(格體)로 놓는다. 『추사집(秋史集)』에서 본 글인데 그것을 지금말로 풀어쓰자면 이런 이야기가 된다. "머리로는 세계의 큰 학문을 익혀 소화하고 가슴으로는 큰 사상을 품어 간직하며 팔굽으로는 세계의 미술사를 크게 접하여 극복할 것인데 그런 연후에야 진정한 창조를 이룩할 수가 있다." 창작이라는 것은 세계의 역사가 머리로, 가슴으로, 손으로 통찰 소화 극복되어진 상태에서만 이룩될 수 있다고 해석이 되는데, 그것은 바로 김종영 선생의 이상과 현실을 단적으로 표현해 주고 있는 글로 보여지기도 한다.

김종영 선생은 동경에서 공부를 하였지만 일본사람들이 받아온 서구의 아류에 눈돌리지 않고 혼자서 서구조형의 본질에 대해서 접근하려 하였으며, 국제적인 것을 의식한 것은 아니지만 보다 더 본질적인 것을 찾아나섰기 때문에 지역성에 연연할 수가 없었고, 예술의 대도(大道)에 대해서 생각하기 때문에 지역감정은 편협한 소치로 생각하였을 것이다. 그는 민족적이라든지 한국적이라든지 하는 것에 개의치 않는다.

그는 인체부터 시작하다가 거기에서 구속감을 느끼고 점차 추상적 형태로 변모해 나갔는데, 거기에서 해방감을 얻고 그의 조형세계가 꽃피기 시작한다. 거기까지 오도록 상당한 시간이 걸렸는데 그동안 예술에 대해서, 인생에 대해서, 미술의 역사에 대해서 깊이 고뇌하였을 것으로 믿어진다. 그는 특히 형태에 대해서 철저하게 따져들어갔는데, 부분과 전체에 대해서, 양괴(量塊)의 조직에 대해서, 볼륨의 원리에 대해서, 생명의 신비에 대해서 한치도 우회하지 않고 정면으로 찾아 들어갔다.

모든 생활을 형태 쪽으로 집중시켜서 한군데로 몰고 그것을 경영하면서 일관하게 삶을 엮어 왔으며, 그러면서도 동서의 문화와 사회전반에 관심하는데, 마치 한 시대를 혼자서 대표로 살아가는 소설 속의 인물처럼 그렇게 크게 살아간다. 예술 행위란 신과의 대화가 아닌가 싶다고 나에게 말한 적이 있다. 참으로 격세지감이 있고 숙연했다.

김종영 선생의 정신적 계보를 따지자면 브랑쿠시, 마이욜로 해서 그리스로 연결되는 길일 것이다. 애초부터 인간적인 고뇌나 사상이 직접적으로 나타나는 수가 없었고, 하여 항상 아침이슬같이 맑고 투명한 모습을 하게 된다. 그것은 타고난 천성이기도 하려니와 동양의 고전 즉, 중용적 정신의 소산이라고 보여지며, 그것은 가장 이성적이고 가장 감성적인 것의 고도의 조화가 아닌가 싶다. 그리스 조각에서 나는 동양정신과 서구정신의 융화 같은 것을 느끼는데, 선생의 입장이 바로 그와같은 것이 아닌가 싶으며, 동서를 총괄하고 치우침이 없으며 역사 전체를 하나의 흐름으로 파악한다.

나는 선생의 조형정신을 자주 바하에 비유하였다. 미의 원수(元粹)만을 뽑아서 표출하는데, 그래서 일체의 설명성과 표면적인 재미를 삭제한다. 미의 본령에 접근하는 첩경은 역시 부수적인 재미를 제거하는 데 있는 것이 아닌가 싶다. 철학과 사상은 오직 순수조형으로만 표현하고자 하는 정신이라 할 것이다. 그러기 위해서는 모든것을 포용하고 함축하고 기(技)와 재(才)를 감추며, 그리하여 형태는 작가에게서 독립된 하나의

꽃이 되고 풀잎이 된다.

언젠가 선생은 나에게 이런 말을 한 적이 있다. "가정을 경영하면서도 가정으로부터의 자유, 직장생활을 하면서도 직장으로부터의 자유, 세상을 살아가면서도 그 사회로부터의 자유." 그의 창작 행위는 초월에의 의지가 형태로 표현되는 것이 아닌가 싶다. 다시 말하면 우주와 자연의 이치에 이르고자 하는 데에 예술의 목표를 두고 있는 것 같다.

작가는 말이 없고 형태가 스스로 제 몸짓으로 말을 한다. 조형의 언어는 무궁무진한 것이어서 형태에다 그 무진한 언어를 넣어 주면 영원한 생명이 되는데, 그 자신은 미라든지 창조라든지 그런 것을 모른다고 말하였지만 김종영 선생은 실은 그것을 너무도 잘 알고 있는 것이다.

김종영 선생은 미래의 세대들에 의해서 오래도록 많은 말이 오고가게 되리라. 인간과 자연에 대한 지극한 사랑, 큰 역사를 품으면서 높은 격으로 티없이 맑고 청순한 형태… 김종영 선생의 흔적은 현금의 세계를 살아가는 가장 열심한 한 예술가상으로 후세에 오래도록 이야기되리라는 것을 나는 믿는다.

열린 공간을 향한 조형정신

"그 여인이 정치수인가. 정치수를 생각하고 있는 여인인가. 나는 영국에 출품한 이 작품에 대하여 이런 질문을 받았다. 내가 여인의 나상(裸像)을 취재한 것은 표현을 위한 수단인 것뿐이다. 다행히 내 정신의 기록이 살아있다면 이것을 정치수를 위해서 모조리 제공하고 싶은 것이다."

1953년 동란의 와중에서 『문화세계』라는 잡지가 발간되고 있었고 권두에 미술작품을 싣는 난이 있었는데, 몇 월호엔가 조각이 실리고 위와같은 작가의 말이 적혀 있었다. 한 손을 턱 밑에 기대고 명상하는 듯한 표정으로 서 있는 여인의 나상이었다. 이 작품이 이른바 〈무명 정치수를 위한 모뉴망〉이다.

이차세계대전이 끝나고 영국에서 세계에 공모하여 각국의 참신한 중진작가들이 대거 참여하고 있었는데 김종영의 여인상이 수상의 영광을 얻은 것이다. 그것은 그 자신의 영광일 뿐만이 아니라 한국조각의 좌표를 가늠하는 데에도 중대한 계기였던 것이다. "다행히 내 정신의 기록이 살아있다면 정치수를 위해서 모조리 바치고 싶은 것이다." 이 말이 그의 일생을 통해서 일관하게 조형정신의 바탕이 될 줄은 그 자신도 미쳐 몰랐을 것이다. 육십 센티미터의 서 있는 여인상은 아무런 설명성도 가지지 않고, 그래서 사람들이 "어떤 여자 정치수를 만든 것인가 아니면 정치수를 생각하고 있는 여인인가"라고 묻고 있다.

그때 그 전람회에는 훗날 세계의 조각계를 주도하는 예술가들이 모두 참가하고 있었다. 일등상의 버틀러를 위시해서 리폴드, 나움 가보, 페브스너, 막스 빌, 라르데라, 스탈리 등이 수상권 내에 들고 있었으며, 그네들의 작품도 하나같이 무명 정치수를 만들거나 외형적으로 무명 정치수를 상징하는 형태로 되어진 것이 없고 모두가 추상적 공간 표현이었다. 서구의 조각계는 이미 추상을 지나 공간과 환경의 문제에 본격적으로 접어들고 있었다.

팜플렛을 받아본 김종영은 큰 희망과 그리고 전란으로 단절된 문화권 속에서의 소외의식 같은 그런 착잡한 심정을 경험한 것이 아니었을까 싶다. 그 뒤 그는 국전에 반추상 형태의 〈이브〉를 출품하였고 당시의 소묘를 보면 알 수 있듯이 본격적인 추상에의 모색과 탐구의 활동이 시작된다. 어쨌든 김종영의 예술세계가 전개됨에 있어서 전기의 기점이 되고 따라서 자신감을 가지고 열정하는 천혜의 계기였던 것만은 확실하다. 그리하여 그는 탐색에 탐색을 거듭하였다.

그가 어떤 분명한 실마리를 얻기까지는 무명 정치수로부터 십년이라는 세월을 기다려야 했다. 1964년 그때 나이는 이미 오십이 되어 있었다. 그때부터 그는 허심탄회하게 작업을 할 수 있었는데, 그로부터 십년 후인 1975년에 나이 육십이 되어 개인전을 열어 추상조각의 선구자로 평가받으면서 그의 심오한 사상과 형태가 세상에 공개되었다. 그러나 김종영의 왕성한 작품활동은 오히려 그 뒤부터라고 말해야 옳을 것 같다. 형태에는 자유스러움이 가산되고 작업의 속도가 빨라지면서 내부로부터 미소 같은 것이 스며나와 표면에 번지고 있었다. 그것은 70년대 후반에 더욱 그랬던 것 같다. 그는 일과 친해지고 그 속에서 즐거워하였다. 그가 병을 얻기까지 마지막 삼년간은 참으로 좋은 경지를 살았던 것 같다.

마침내 1980년 4월 현대미술관 대회고전에 그의 전면모가 발표되었다. 백여점의 조각이 한자리에 전시된다고 하는 것은 역사상 드문 일이고 한 예술가의 품격을 일별할 수 있는 큰 기회였다. 그는 기념비적으로 한국근대조각사에 우뚝한 이정표로 이 땅에 군림하였다. 그렇지만 김종영은 세인들의 눈에 잠깐 충격을 주었을 뿐 다시 안개 속으로 묻혀 들어갔다. 무명 정치수로부터 삼십년간의 그 특별난 생애는 아직도 가리워진 채로 있다.

언젠가 그는 노트에 이렇게 기록하고 있었다. "기술이 숙련되기까지는 답답한 초학기(初學期)를 거쳐야 하고 남을 용서하고 덕을 베푸는 데도 답답한 가슴을 눌러 새겨야 한다. 임산부의 십개월도 답답한 것인데 사랑과 희망으로 견디면 하나의 생명이 탄생하지 않는가. 인생은 기다리는 것, 기다리는 것은 답답한 것." 어쩌면 이 말은 자기 자신의 경험을 말하고 있을 것이다. 그는 일 자체에 만족하고 그 일의 진전에 대한 관심으로 족한 것이었다.

김종영의 형태가 성숙하기까지는 여러 요인이 있겠지만 특히 서구의 현대미술과의 관계를 일단 생각해 볼 수가 있겠다. 마이욜의 볼륨, 부르델의 구조, 헨리 무어의 매스와 공간, 장 아르프와 앙리 로랑스의 유기적인 형태, 곤잘레스, 그리고 무명 정치수를 위한 모뉴망에 출품한 일군의 조각가들… 그런 중에서도 결정적인 것은 브랑쿠시의 사상과 형태일 것이다.

그 여러가지 유럽 현대조각과의 관계가 단적으로 노정된 것이 1959년 장우성과의 이인전에서이다. 그런 과정을 거쳐서 그는 결국 인체를 떠나서 추상적 형태로 변모하여 갔다. 가장 조각적인 것의 탐구활동으로 인하여 인체로부터의 해방을 가져온 것이다. 그가 인체로부터의 해방을 선언하기에 이른 것은 김종영의 예술이 정립되는 데에 매우 중요한 결단이라고 볼 수 있겠다. 훗날 그는 이렇게 술회하고 있다.

"작품을 형성하는 모든 요소가 다른 사람의 작품과 관련됨이 없이 자기 창안에 의한 것이란 사실상 있을 수 없다. 설사 그런 작품이 있다 해도 특이하다는 것만으로 높이 평가될 수는 없는 것이고 오히려 작품의 형식에 있어서 사회성을 볼 수 없을 뿐만 아니라 기법이나 정신면에 있어서도 시대성을 볼 수 없는 데다가 하나의 고아가 되어 버릴 수도 있는 것이다. 예술이라는 것이 사회나 시대에서 유리될 수 없는 것이라면 항상 남의 영향을 받음으로써 이루어지는 것이고 또한 자기의 이념에 따라 끊임없이 변모하는 것이 아니겠는가."

그가 이와같은 판단을 하기에 이르는 데에는 세계의 미술사를 총별하는 과정에서 특별히 완당과 세잔느의 사상이 배경이 되고 있는 것이 아닌가 싶다. 완당을 동양정신의 모범이라면 세잔느를 서구정신의 표적으로 삼고 동서예술의 공통점을 찾은 것이다. 완당의 글씨는 투철한 구조적인 조형성을 가지고 있다. 하나의 문자도 자기 마음대로 만들지 않고 고대로부터의 역사를 본받고 그것을 모두 소화하여 그런 연후에 자기의 뜻대로 개조한다. 그것은 세잔느의 경우에 있어서도 마찬가지였다. 들라크르와나 꾸르베의 정신을 비롯해서 인상파의 시각에 이르기까지 놓치지 않고 본받으며, 거슬러 올라가서 푸생, 클로드 로랭으로 해서 다 빈치 또는 지오토에 이르는 철저한 탐구를 거쳐서 원통과 삼각추의 자기원리에 이르고 있는 것이다. 훗날 김종영은 이렇게 술회하고 있다.

"예술은 원래 기술과 같은 것으로 보아 왔다. 고대 그리스, 이집트, 중동 예술로부터 근래에 이르기까지 회화나 조각의 대상이 인물이었던만큼 사람의 습성이나 생활의 여러가지 양상을 표현하는 데는 어려운 기법이 필요했을 것이다. 르네상스 이후 근대에 이르는 동안 미술의 기법(인물묘사)은 가히 절정에 이르렀다고 보겠다. 그러나 예술이란 것이 정교한 묘사에 있는 것인가에 대해서 깊은 의문을 품었다는 데에서 세잔느의 위대성을 인정한다. 정밀한 외형묘사보다도 화면의 구성, 물체의 구조적인 파악, 공간의 설정, 이런 것을 더 가치 있는 것으로 파악하였다. 세잔느는 수천년 동안 이어온 예술관, 즉 묘사기술에서 벗어나게 한 결정적인 계기를 마련해 준 인물이다."

의도적이었든 아니었든간에 장우성과의 이인전은 '무명 정치수' 이후에 하나의 선을 긋게 한다. 여기에 이르러 김종영은 확고한 자기의 이념을 설정하고 홀가분하게 추상조각의 원리를 탐색해 나갔다. 50년대의 소묘에서 그는 많은 추상활동에의 번민과 모색을 보여준다. 그것이 60년대에 본격적인 입체로 표출된다. 이미 큰 방향은 설정되었던 것이다. 그 무렵부터 그는 일체의 외부활동을 중단하고자 했던 것 같다. 1964년 일기책을 사다 놓고 1월 1일 그는 이렇게 적기 시작한다. "어언간 오십이 되었다. 지금까지의 제작생활을 실험 과정이었다고 하면 이제부터는 종합을 해야 할 것이다. 조형의 본질, 형태의 의미 등에 대한 오십이란 나이는 결코 헛된 세월은 아닐 것이고 목표에 한걸음 가까와지는 셈이 될 것이다. 늙어지는 것이 한편으로 얻어지고 목적에 도달하는 도정(道程)이 되어야 할 것이다." 또 어떤 날 그는 이렇게 적고 있었다. "사람이 일생을 마치고 유명을 달리하면 그 사람의 업적만이 부각되어 역사상에 그 이름을 남기게 되는 것이다. 그런데 사람의 평생에 있어서 명성이나 어떤 세속적 업적이란 것이 세상사람들이 생각하고 있는 것처럼 그렇게 존귀한 것이고 절대적인 것일까.…"

그리하여 김종영의 침묵의 시대가 도래한다. 외면의 문제들을 일단 정리하고 내면 깊숙한 곳으로 눈을 돌리면서 탐구와 형태 형성에 전력하였다. 세잔느, 브랑쿠시, 완당의 정신이 융해되어 김종영 정신으로 성장하는 것이다. 그는 자신의 내면에서 변화하고 성장하는 여러가지 상황에 대해서 온 정신력을 집중하고 있었다.

김종영에 있어서 오십의 나이는 새로운 세계를 향한 출발점이었던 것이다. 고대로부터 이어지는 동서양의 역사를 현대적 지성으로 그는 통솔하고자 하였다. 물은 흘러

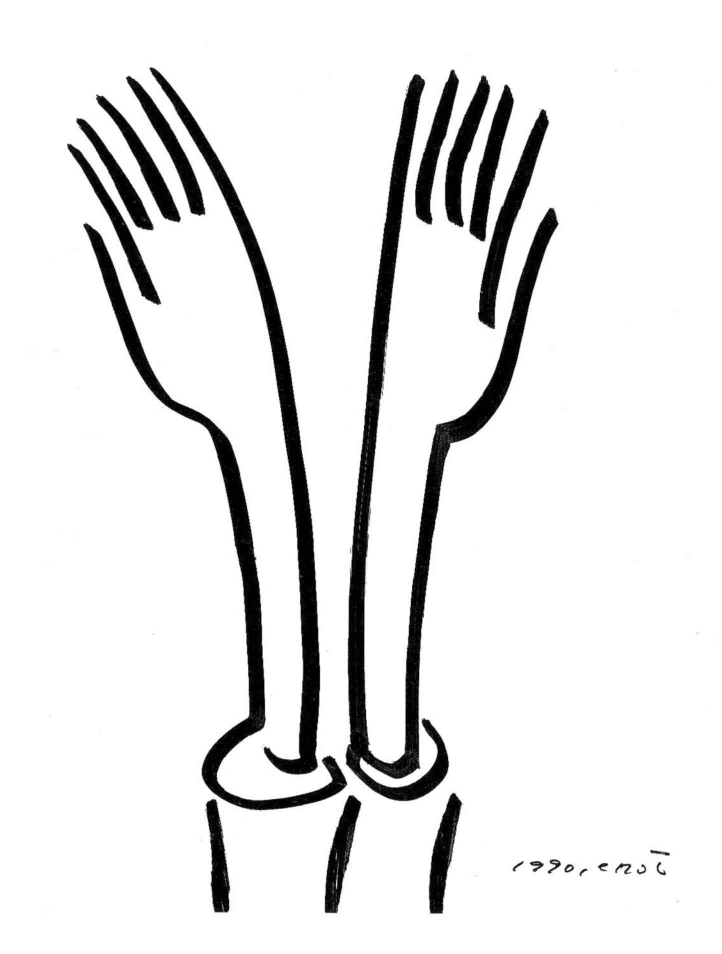

가다가 웅덩이를 만나면 쉬어서 가고 사방의 물줄기를 받아들이면서 보편의 바다에 이른다. 그는 하나의 강물처럼 끊임없이 변화하여 갔다. 김종영에게 있어서 그런 사고(思考)의 변화는 입체적인 형태에서보다도 많은 양의 소묘에서 구체적으로 읽어볼 수 있다. 김종영의 예술을 이해하는 데는 그의 소묘를 간과할 수 없는 것이다.

일반적으로 조각가의 소묘는 묘사에 목적을 두지 않는다. 사물에 대한 관찰, 그 형태에 대한 해석에 관심한다. 김종영에 있어서 소묘는 형태를 낳게 하는 밭을 일구는 역할과도 같다. 어떤 형태로 조각을 만들 것인가에 대한 계산보다도 형태란 무엇인가에 대한 탐색이고 그것에 대한 사고의 흔적이다. 그의 소묘를 연대순으로 보고 있노라면 마치 숨겨진 일기책을 보는 듯싶다. 무대 뒤의 풍경들을 보는 듯도 싶고 아뭏든 입체와는 다른 양상들을 하고 있다.

그는 생활 주변의 모든것을 그리고 있다. 꽃들과 마당가의 나무들 하며 주변 풍경들과 먼 산들… 그의 시각에 접촉하는 모든 대상물이 관찰의 현상이며 그는 그것들을 음미하며 사색하며 표현한다. 그것들을 관찰하고 표현하고 하는 동안 그는 저것을 어떻게 조각으로 쓸 것인가에 대해서 생각하지 않는다. 단지 탐구의 아픔과 표현의 즐거움을 보게 되는 것이다.

그의 소묘 작업은 양적으로 60년대와 70년대에 특히 많았다. 50년대의 소묘가 그의 예술세계를 형성시키는 데에 탐색적 수련이었다면 그 이후의 것은 그런 부담으로부터도 자유로운 순수한 활동이었다고 보여진다. 그의 소묘는 그것 자체로 하나의 경지를 이루고 있다. 김종영의 소묘는 차라리 회화의 영역으로 음미하여야 할 것 같다. 그는 연필은 물론이고 먹과 색채를 많이 쓰고 있다. 서예로 해서 숙달된 먹과 그의 천부적인 색채감각이 어울려 김종영 특유의 회화세계를 형성하고 있다. 사물의 골수를 파악하는 이른바 표의적(表意的)인 형상을 표출하고 있다. 그의 먹에는 색채성이 수용되고 그의 깊은 색도에는 입체성을 수반하고 있다.

붓이나 연필은 사물을 꿰뚫는 힘이 있고 그리하여 외형에서 멀리 떠나는 김종영 특유의 또 다른 정신세계를 엿볼 수 있다. 그것은 인상파 이후의 분석적 방법하고는 성질을 달리한, 난(蘭)을 그리고 붓글씨를 쓰는 동양예술의 정신을 읽을 수 있게 한다. 그의 형태가 서구적인 얼굴을 하고 있는 데 반해서 소묘가 동양적인 얼굴을 하고 있다는 것은 무엇을 의미하는 것일까. 그의 조각이 추상의 얼굴을 하고 있는 데 반해서 소묘는 자연의 형상과 전폭적으로 관계하고 있다. 그것은 그의 추상활동이 가장 왕성했던 후년에 올수록 더욱 두드러진다.

아뭏든 그의 소묘는 사물과의 대화인 것 같다. 말하자면 사물의 의표(意表)를 읽는 것이라 할까. 사물의 진수에 대한 파악이라 할까. 생명이란 것과의 교섭이라 할까. 동서간의 문화적 유산을 소화하고 현실을 바탕해서 역사에 기여코자 하는 김종영 정신의 기록인 것만은 확실하다. 그의 조각이 시(詩)라면 그의 소묘는 내면의 공간에 다 적는 초고(草稿)라고도 말할 수 있지 않을까. 어떤 날 그는 그 초고들을 모두 잊어버리고 망치를 들고 시를 쓴다.

1980년 현대미술관에서의 대회고전을 앞두고 그는 이렇게 말하고 있다. “나는 이 작품들을 제작함에 있어서 특정의 대상을 표현하지 않았다. 생활 주변에서 매일매일 보아온 모든 생물에서부터 인체에 이르기까지의 생태라든가 천문 · 기상 · 지리 등 이 모든 자연에 대한 잠재적이거나 직접적인 이미지가 항상 제작의 동기가 되어 왔다. 그러나 나는 자연에 대한 이미지를 애써 표현하려 하지 않았다.” 이 말 속에 김종영의 소묘와 형태와의 관계며 그의 조형정신의 비밀이 감춰져 있는 것이다. 사물의 본질을 설명하는 데는 언어가 필요치 않다. 보이지 않는 사실을 표현할 수 있는 언어는 없기 때문이다. 그의 소묘는 사물의 본질에 접촉하는 방법이었다고 보여지며, 그의 조각은 그런 여러 경험들과 관계하면서 그것으로부터 떠나서 새로운 자연을 탄생시키고 있는 것이다.

김종영의 형태는 자연으로부터 출발하여 인생 · 영원의 문제로 확대 심화되어 나간다. 그의 형태는 추상세계로 자리를 잡게 되는데 그것을 뒷받침하는 그 자신의 논리의 일단을 여기 기록해 두고자 한다.

“예술의 목표는 통찰이며 감정의 본질적 생명의 이해이다. 그러나 모든 이해는 추상화(抽象化)를 필요로 한다. 문학에 의한 언어의 추상화는 이 특수한 주제에는 소용되지 않는다. 언어는 생명력과 감각성에 대한 우리의 관념을 전달하기보다 오히려 그것을 혼란시키고 변질시킨다. 상징화를 수반하지 않고서는 이해란 있을 수 없고 추상화를 수반하지 않는 상징화도 있을 수 없다. 실재(實在)에 관한 모든것은 그것을 표현하고 전달하기 위해서 실재에서 추상화하지 않으면 안 된다. 실재를 그대로 전달하려는 노력은 무의미하다. 경험 자체까지도 그렇게 되지 않는다. 우리는 이해하는 사실을 지각하는 것이고 지각작용은 항상 정식화(定式化), 표시(表示), 추상화를 수반한다.”

김종영의 형태는 현실의 바탕 위에서 역사가 그 골격이 되고 거기에 이 작가 특유의 감성으로 하여 살이 붙는다. 지각활동이 골격을 이루며 직관적인 경험에 힘입어 본질에 접근하려는 행위이다. 그는 조각을 만든다기보다 물체에서 불필요한 덩어리를 제거한다. 그에게 있어서 돌들은 본모습을 드러내 주기를 기다리는 미완의 물체로 보일 것이다. 본질의 모습은 이름할 수가 없고 그래서 자연의 모습으로 표현될 때 혼란을 야기시킨다고 판단한 것 같다. 그와같은 판단의 기조를 이루는 것으로, 로댕 이후의 서구조각사와의 관계와 또 당시의 한국적인 상황을 고려하지 않을 수 없었을 것이다. 그러나 아마도 그는 추상조각가란 말을 못마땅하게 생각하였을 것이다. 그는 조각가이며 조형예술가였다. 그는 많은 것을 포용하고 함축시키려 하였기 때문에 어떤 국지에 한정될 수가 없었을 것이다.

앞서도 말한 것처럼 그의 추상적 형태는 면면히 자연의 생명성과 그것의 감각적 이미지에 바탕하고 있다. 그의 형상들을 잘 관찰해 보면 형태를 짜는 구조가 자연의 생태와 관련되어 있음을 쉽게 발견할 수가 있을 것이다. 어떤 영감이라든가 순간적인 감성으로 형태를 다루지 않는다. 반드시 확인하고 재음미한 연후에 결단한다.

그래서 그의 형태는 강력한 짜임새, 즉 구조적 성격을 띠게 된다. 무게를 받는 대지(大地)와 거기에서 솟아오르는 커다란 양괴적(量塊的) 개념이다. 수평과 수직, 현실과 역사… 그에게 있어서 조각은 정신의 집합인 것이다. 김종영은 평생을 두고 구조의 문제에 역점을 두고 있었다. 동양적인 체질이 대개 논리성이 결핍되고 감각적인 선들을 탐닉한다고 판단하였을 것이다. 그의 형태가 그렇게 치밀하게 짜여져 있으면서도 겉으로 유연한 생동감을 갖는 것은, 그의 천부적인 예리한 감성과 숙련된 기량으로 하여 억센 골격이 감추어지는 때문일 것이다.

그의 돌이나 나무는 색채를 가미하지 않는데도 청순한 색채성을 가진다. 그것은 그가 숙련된 색채감각을 소유하고 있는 것에도 이유가 있지만, 재질을 끝까지 살리는 절묘한 기법에 보다 상관이 있다. 재질의 문제는 기초적인 본분이긴 하지만 실제에 있어서 빈틈없이 살려낸다는 것은 사물에 대한 애정이 수반되어야만 할 것이다. 현금의 세계에 많은 조각가들이 있지만 김종영의 구조역량과 볼륨감각과 재료를 소화하는 기량은 어느 누구에게도 못지않을 것이다. 예술가의 사상, 역사적인 자각, 개성적인 창작성, 이런 것들을 작품의 구성이 말해준다. 구성은 그 작품의 헌법과 같은 것이라고 그는 말하고 있다.

김종영의 형태에는 식물성적인 순명(純明)함이 있다. 그것은 그의 체질적인 것이기도 하려니와 형태수련과 정신수련의 깊이와 관련있는 것으로 보아야 할 것이다. 후년으로 갈수록 그의 형태는 맑고 밝고 순수하며 쓴 맛이 더해 가고 있다.

김종영은 동세(動勢)에 대해서 매우 절제하면서도 전체 조형활동을 통해서 대칭을 깨뜨리기에 힘쓰고 있다. 대칭은 작품을 평면화시키고 입체성에 생기를 잃게 한다고 보기 때문이다. 그래서 그는 "모든 생명의 동적인 상태는 비대칭이다"라고 선언하기에 이른다.

김종영의 형태들은 대부분이 침묵하고 있는 괴체(塊體)이면서도 공간을 향하여 열려져 있다. 수직, 수평으로 조직되는 단순한 매스에서도 외부와의 예민한 소통을 보이는 것이다. 그의 매스에서는 항시 여백과 같은 너그러움이 보인다. 매스는 공간을 설정하기 위한 방편이라 할 수 있다. 그의 형태에 있어서 공간과 양괴는 어느 쪽이 주조(主調)라고 말하기 어려울 만큼 그는 공간의 문제에 대해서 크게 역점을 두고 있다. 튼튼한 구조력, 투명한 색채감, 식물성적인 순명한 품격, 균제와 여백… 그런 것들이 변화 있는 공간을 형성하고 높은 격조와 문기(文氣) 짙으면서 청초한 이념미(理念美)를 이룩하였다.

김종영의 조각은 입체로 쓰는 시라고도 말할 수 있겠다. 그의 시성(詩性)은 말년으로 갈수록 맑아지고 있다. 그의 형태는 돌로 씌어진 예서와 같은 형국을 하고 있다. 그의 모든 작품들은 상승의 의지를 담고 있다. 미완의 것에다가 완성의 의지를 담으려는 것, 현실 속에다가 이상을 실현하려는 것, 무한과 유한을 동시에 생활하려는 것… 동서문화의 갈등 속에서 실사구시(實事求是)의 정신으로 그것을 극복하고 이 땅에 새로운 조각사의 장을 열어 놓은 김종영은 다음과 같은 아름다운 기록을 남기고 있다.

"예술은 한정된 시간에 무한의 질서를 설정하는 것, 예술의 목표는 통찰이다."

침묵의 삶, 거룩한 聖像

조각가 김종영은 한국현대조각사의 제일세대에 속하는 인물로 그 중에서도 가장 중요한 비중을 차지하는 예술가였다. 전환기의 큰 소용돌이 속에서 외래문화의 수용과 전통문화의 계승 발전이라는 큰 명제 앞에서 그것을 거의 혼자서 풀어냈다고 해도 과언이 아닐 만큼 그의 공적은 높이 평가되어야 마땅하다고 생각한다.

김종영은 시인 정지용(鄭芝鎔)처럼 순수하게 조형언어를 갈고 닦아 그것으로 조각을 구축하고 조립할 수 있었던 탁월한 예술가였다. 조각예술을 이성활동의 차원으로 격상시키고 높은 정신세계로 끌어올린 큰 예술가였다. 아마도 그는 20세기 비서구권의 조각사 전체 속에서도 중요한 몇 사람 중의 하나일 것이라고 생각한다. 금세기는 비서구권 전체가 서구미술의 수용이라는 공통과제를 안고 있는데, 그 과정에서 김종영만큼 포괄적이고 깊이 있게 해결해낸 예술가가 흔치 않다는 말이다. 가까이 일본의 사정을 보더라도 팔십대, 칠십대 작가의 조각이 그 성격을 분명히 정립하지 못한 채 육십대, 오십대로 이어진 것을 볼 때, 김종영의 경우는 역사의 흐름새를 명쾌하게 파악해서 물고를 확실하게 터놓고 탄탄대로를 만들어 놓았다고 볼 수 있다.

이번 김종영의 대규모 회고전에서 한 가지 특이한 점을 발견할 수가 있었다. 50년대 초의 작품들로부터 80년대말의 작품들에 이르기까지 기량면에서는 우열의 차가 눈에 띄지 않았다는 것이다. 그것은 초기 인체 조각의 단계에서부터 철저하게 수련을 닦았다는 증거이고, 아울러 사고력과 판단력을 폭넓게 정비하였다는 증표일 것이다. 특히 소묘 과정에서도 그것을 잘 알아볼 수 있었다. 그의 소묘 작업은 단순한 관찰과 표현이라는 영역을 넘어서 사고활동의 표현이었고 회화의 경지를 넘나들고 있었다. 이경성 국립현대미술관장이 지적한 것처럼, 오늘날의 예술이 너무 전문화되고 분업화되는 사정에 비추어 볼 때, 김종영의 활동의 포괄성은 중요한 의미를 시사하는 것이다.

김종영은 내면세계의 영토를 넓히고 그것을 갈고 닦기 위해서 철저하게 외부생활을 차단하였다. 마치 수도승처럼 생활하였는데 그의 작품도 설명성만 삭제된 성상과 같다 할까. 고요함과 깨끗함과 빛남이 보는 이의 가슴을 파고 든다. 그의 조각은 시위성이 배제되고 이야기성이 배제되고 만듦새마저도 감추어져 있다.

마치 과일나무에서 저절로 익어가는 열매처럼 입을 꼭 다물고 침묵의 미소를 머금고 있다. 그는 일생의 마지막 날까지 보다 성숙한 날을 위하여 기다리며 자제하는 여유를 갖고 있었다. 그리하여 성상이 없는 이 시대에서 거룩한 형태를 만들고 있었다. 어떤 별천지에서 혼자서 밭을 일구는 농군처럼 정말 영웅적인 삶이 아니었던가 싶다.

그가 일생 동안 매달린 조각에서 형태상의 문제는 볼륨과 면과 공간성과 구조력에 관한 것이었다고 생각한다. 더 요약하면 볼륨에서 면성(面性)에로의 진행이 아니었을까 싶다. 그는 마이욜의 양성(量性)과 부르델의 면성을 소화하는 과정에서 체질적으로는 양성이 보다 강했는데, 그래서 아르프와 헨리 무어에 관심을 가졌고, 이어 브랑쿠시와 질리올리 쪽에로 관심 가지면서 면성이 강세로 나타난다. 또한 중국의 불각정신(不刻精神)과 60년대 미니멀정신이 어울려 형태는 자꾸만 단순성에로 진행하였다.

그는 그리스의 순수 조형정신을 지극히 숭상하였으면서도 지나치게 만들어지는 것에 대해서는 처음부터 거부반응을 나타내고 있었다. 그리하여 후년에 와서는 모든것이 정리되고 허심탄회한 심경에서 십자가와도 같은 두 점의 석물(石物)이 탄생하였다. 김종영의 예술세계가 기념비적으로 완성된 것이다. 평생을 손바닥만한 작품들만 제작하다 큰 맘 먹고 형태를 키웠는데 늙으면 노욕(老欲)이 생긴다고 한동안 농담을 하였다. 그 십자가와도 같은 두 개의 돌에서 일생에 걸친 탐구의 결과가 집약적으로 웅변되었다. 양성과 면성의 계속적인 반복, 만드는 것과 덜 만드는 것과의 끝없는 교차 속에서 그것을 하나로 묶는 작업이 집요하게 추적되었다.

김종영의 예술은 과학성과 철학성에 바탕을 두고 있다. 동서문화의 종합적인 분석, 통합 작업 밑에서 수리적인 계산에 의해서 형태를 조성하고 있는데 그것이 절묘한 감성 표현으로 하여 속에 가리워져 있다. 그의 형태는 자연에 육박하는 참신성이 있다. 특히 그것은 예민한 감성이 형태의 표면을 어루만지고 있기 때문에 더욱 그렇다. 철저한 계산에서 이루어졌으면서도 마치 계곡에 널려 있는 돌들처럼 자연 그대로인 것같이 보인다. 가장 인공적인 형태이면서도 어디선가 본 적이 있는 어떤 자연 그대로의 모습처럼 보인다.

1990, Choi

그는 언젠가 밑도 끝도 없이 이런 말을 한 적이 있다. "신과의 대화가 아닌가." 많은 것을 해결하고 보다 근본에 직면해 있는 상태가 아니었을까 싶다. 그는 끝까지 이성을 통해서 접근하려 하였다. 이성을 떠나면 예술이 망가진다고 믿고 있었다. 이성적인 너무나 이성적인 그의 집념이 예술의 건강성을 깨끗하게 지탱해 주고 있는 것이다.

"예술의 목표는 통찰이다." 이 말은 김종영이 자신의 예술론을 여섯 마디로 요약하는 가운데 끝 부분의 것인데 그 한마디가 그의 정신생활의 모든것을 잘 대변해 주고 있다고 보여진다. 예술의 목표는 생명의 이치에 도달하는 것, 자유와 해방, 그리고 행복에 이르는 것이라는 믿음이었을 것이다. 혼돈에서 질서로, 허상에서 실상의 세계로, 어둠에서 빛으로, 그리하여 진리 탐구를 향해 예술을 방편삼고 있는 것이다.

1975년 신세계미술관에서의 회갑기념전, 1980년 현대미술관에서의 대규모 회고전을 통해서 세상에 조금 알려지는 듯하다가 다시 김종영은 잠적해 들어갔다. 그리하여 몇 년을 보내다가 1982년 12월 그는 저 세상으로 떠났다. 그리고 세상에서 다시 잊혀졌다. 어찌됐건 김종영은 한국사의 큰 이정표이며, 큰 고전인 것만은 분명하다. 그러나 그의 천재적인 탁월한 기량과 높은 예술정신과 그가 이룩한 업적에 비해서 그 평가에 관한 작업이 너무도 미치지 못하고 있는 것 또한 사실이다. 그 점은 그가 은둔적 삶을 영위하고 있었다는 데에도 원인이 있다.

한 사람의 위대한 예술가는 갔다. 그러나 그의 정신은 그가 남긴 형태들과 더불어서 이 땅에 살아 있다. 진리를 향해 온 정성을 다 바친 수도승과도 같은 외길 67년. 한국 현대조각사의 금자탑으로, 또한 미래 세계의 파수꾼으로 오래오래 이 땅을 지킬 것이라 믿는다.

살아있는 한국조각의 고전

미의 수도자, 근대조각의 이정표, 순수조형 의지로 일관한 선구자, 한국 근대조각사에서 오직 한 사람의 참다운 조각가… 이것은 근간 조각가 김종영 선생에 대한 평자들의 견해의 일단이다.

1953년 런던에서 열린 국제조각전「무명 정치수를 위한 모뉴망」에서 입상하였을 때 당시『문화세계』라는 잡지에 그 작품사진과 더불어 작가의 글이 한 구절 실려 있었다. "사람들은 나에게 그 여인이 무명 정치수냐, 아니면 무명 정치수를 생각하고 있는 여인이냐고 묻는데, 나는 단지 나의 정성을 다했을 뿐이다." 이 아주 짤막한 이야기는 그의 일생에 대해서 매우 중요한 의미를 시사해 주고 있다. 그는 처음부터 형태에 설명성을 주입하려 하지 않았으며 순수조형으로 다루고자 일관하였는데, 우성(又誠)이라는 그의 호처럼 작품으로나 생활에 있어서나 정성, 또 정성의 정신으로 흐트러짐 없이 일관했다.

이번 현대미술관 초대전은 한국 근대미술을 재평가한다는 뜻 외에 두 가지의 큰 의미를 지닌다. 첫째는 작가로서 일생 동안 무슨 일을 해왔는가에 대해서 회고하며 그것을 우리 사회에 환원하는 것이고, 둘째는 그가 몸담아 온 서울대학교를 퇴직하면서 삼십이년간의 연구활동을 작품집으로 펴내어 교직생활을 총결산한다는 것이다.

작가를 알고 그 작품을 생각해 볼 수도 있겠고, 또 작품을 보고서 그 작가를 상상해 볼 수도 있겠는데, 나는 일상 작품을 보면서 그가 무슨 생각을 하면서 어떻게 살아왔으며 왜 그런 형태를 만들게 되었는가에 대해서 큰 관심을 갖고 있다.

김종영 선생의 형태가 엄격하고 간결하며 고요한 것은 그의 사상과 생활하는 자세에서 연유된 것이다. 동경에서 미술학교를 마치고 고향에 돌아와 해방이 될 때까지 시골에 묻혀 있다가 서울대학이 생기면서 거기에 몸담고 다른 대학에는 강의 한시간 나간 일 없이 그 자리에서 정년을 맞았다. 육이오 이후 학도병들의 넋을 위해서 포항에 〈전몰학생 기념탑〉을 세웠다. 사일구 후 파고다공원 안에 〈삼일 독립선언 기념탑〉을 만들었을 뿐 일체 외부 일에 손대지 않았다.

그는 사회의 바른 기강과 인류의 장래에 대해서 염려했다. 그러기에 매사 순간을 범상히 넘길 수 없었으며 한치라도 더 문화의 격조를 높이고자 애써 왔다. 그것이 대중사회에 삶의 풍요를 가져 온다고 믿기 때문이었다.

김종영 선생의 경우, 그 작품과 사상과 그의 생활이 일치한다. 역사에 대한, 사회에 대한, 또 자아에 대한 철저한 비판정신으로 의(義)를 찾아 행하며, 그리하여 학문 · 예술 · 덕망을 한 몸으로 생각한다. 그는 사상을 형태로 실천하는 작가이지 결코 단순한 조각가라고는 볼 수 없다.

김종영 선생은 요즘 마치 추수의 계절을 맞은 농부와 같다고나 할까. 어떤 나라의 속담처럼 고양이 손도 빌리고 싶을 것이다. 가슴속에 형태는 무수히 잉태되고 그 어떤 것을 먼저 끄집어낼까 하는 그런 충만한 시간인데, 그에게 있어 작품의 성격을 결정짓는 것은 바로 옆에 어떤 재료가 눈에 띄는가 하는 데에 달려 있을지도 모른다.

김종영 선생은 거의 황무지였던 이 땅에 진정한 조형이 무엇인가를 심어 놓았다. 마치 서구에서 로댕이 새로운 조각의 장을 열어 놓았듯이, 그는 오늘의 한국조각이 안심하고 출발할 수 있는 굳건한 터전을 이룩하였고, 지금은 이미 살아있는 고전이 되고 있다.

파고다공원 삼일독립선언 기념탑

삼청공원 뒤편 구석진 곳에 녹색판자로 된 얼핏 간이변소인가 싶은 구조물이 하나 서 있는데, 그 속에 무엇이 들어 있는지 무심코 보는 이들은 아마 의아하게 생각할 것이다. 태극기를 높이 들고 목이 터져라 독립만세를 외치는 군상 조각이 그 밀폐된 공간에 갇혀 있다. 태극기는 부러져 땅에 떨어져 있고 독립만세 그 함성은 녹색의 판자곽 속에 갇혀 아무도 들어주는 이가 없다.

그 조각은 십칠년간 파고다공원 안에 있다가 1979년 후반쯤 어느날 영문모르게 헐려진 삼일 독립선언탑의 동상 부분인 만세상인 것이다. 이 동상이 발견될 당시는 땅에 쓰러져 한쪽면들은 흙 속에 묻힌 채 거적에 덮어 씌워져 만세부르는 일부 손들은 살려 달라는 듯이 허공을 향하여 절규하는 모습이었다. 1980년 7월 8일 이 사실이 서울신문에 보도되고 이어 11일 그 적나라한 사진이 게재되자 놀라지 않은 사람이 그 누구가 있었으랴. 문자 그대로 세인들은 분개하고 경악을 금치 못하였다. 그 현장은 참으로 처참한 것이었다. 그리하여 소위 삼일 독립선언탑 사건은 우리의 미술사에 길이 지워질 수 없는 아픈 기록으로 남게 된 것이다. 며칠 후 그 동상은 일으켜 세워지고 지금과 같은 녹색의 상자 속에 포박당하여 만 삼년 반 동안을 귀가 시리도록 시시비비를 들으면서 마냥 그렇게 서 있는 한심한 기념물이 되어 버렸다. 마치 왜정치하 감옥에 묶여 해방의 날을 애타게 기다리는 독립투사들처럼.

알 수 없는 것은 그것이 왜 헐렸으며 어떤 절차가 밟아졌는가이다. 동상에 녹물이 나고, 독립선언문에 한자가 많아서 어린이들이 읽을 수가 없고, 외국인들이 읽을 수 있게끔 영문표기를 해야 하겠고, 팔각정과의 배치관계가 안 좋아서라고 구차한 변명을 하고 있었지만, 당시 미술협회와 조각단체들의 즉각적인 항의와 빗발치는 여론 앞에 당국은 함구할 수밖에 없었다. 왜 헐었는가, 시(市)의 공원녹지관계 자문위원회는 거쳤는가, 어떤 절차를 밟았는가, 한국미술의 올바른 발전을 위해서 이것은 언젠가 명명백백히 밝혀져야 할 일이다.

1980년 8월 7일자로 국가보위 비상대책상임위원회는 철거동상을 진정인(원제작자), 미술단체, 사계인사와 협의하여 조속 복원토록 시 당국에 지시하였다. 그와같은 사실은 곧 청원자들에게 문서로 전달되어서 어떤 언론인은 문화계의 모처럼의 쾌사요, 경사라고 자기일처럼 기뻐하던 것을 기억한다. 당시 여론을 종합해 보면, 국민의 성금으로 되어진 것이고 민족혼의 상징이며 예술적으로도 역사에 특기할 만한 작품이며 십칠년간이나 국민의 가슴 속에 지워질 수 없게 영상화된 기념물이어서, 그 복원은 파고다공원, 원래의 장소에 원상대로 범국민적인 절차와 화합의 정신으로 이루어져야 한다는 것이었다.

그 뒤 시 당국이 사계인사와 협의하는 흔적을 볼 수가 없었고, 시간은 흘러서 1982년 원작가(김종영 교수)가 병을 얻어서 제자들이 안타까와하는 가운데 여섯 개 조각단체들이 당국에 문의한 바, 동년 4월 2일자 '계속 연구검토중'이라는 회신을 받고 이에 조각계는 다시 격분하였다. 원작가의 병세는 악화되어 위독지경에 이르러 문제는 급기야 국회에까지 비화하였는데, 1982년 11월 3일 당시 김성배 서울시장은 내무분과위원회에서 양창식 의원의 질의에 다음과 같이 답하였다.

"파고다공원 내에 설치했던 연유가 상당히 오래된 이야기입니다. 이 기념탑이 지적하시는 대로 63년 대통령각하 하사금과 성금에 의해서 건립이 돼서 공원 정비를 한 서너 번 했습니다만, 79년 당시 공간배치가 좀 불합리하고 주변 경관에 좀 부적격하고 그 다음 선언문에 한문이 많이 섞여 있어서 시민의 이해가 어렵지 않느냐, 이런 뜻이 여러가지 포함돼, 또 파고다공원의 전체 정비를 하려고, 그것을 일부 철거해 삼청공원에다 별도로 보존각을 만들어서 거기에 현재 보존하고 있는 것이 사실입니다. 그래서 그동안 여러번 지적도 계셨고 또 학계에서도 여러가지 지적이 계셨지만, 구체적으로 저희들이 솔직이 말씀드려서, 어떻게 하겠다는 방침을 세운 바는 없습니다. 지금 지적하시는 대로 저희들이 파고다공원을 다시 한번 정비를 해서 지금 옮긴 탑을, 기념탑을, 동상을, 독립기념탑이 되겠습니다만, 이것을 가급적이면 원위치에 다시 가지고 와서 새로이 단장을 하겠습니다. 조금 불합리한 점은 원작가한테 정비를 위촉해, 저희들 요청대로 다시 새로운 정비를 해서라도 원위치에 가져 오는 것이 옳다고 생각합니다. 그래서 그런 방향으로 추진하도록 하겠음을 이 자리에서 답변 올리겠습니다."

1990.

그날 밤 TV 뉴스시간에 즉각 자막으로 삼일 독립선언 기념탑은 원장소에 원상대로 복원한다는 보도가 나간 바 있다. 그런데 일년이 지난 지금 파고다공원은 재정비되어 시민의 광장으로, 독립정신의 광장으로 개방되었는데, 삼청공원 뒷구석에 그 예의 판자는 여전히 쓸쓸히 서 있다.

이 독립선언 기념탑은 모금에 의한 국민의 성금과 박정희 국가재건최고회의 의장의 특별기증금으로 충당, 총공사비 520만 2,825원을 들여서 1963년 8월 15일 16시 제막과 동시에 서울시에 이관되었다. 건립위원회 위원장은 당시 재건국민운동본부장 이관구, 고문에는 박정희 의장, 지도위원에 유진오 외 2명, 상무위원 12명, 평의원에 국가기관의 장과 교육, 경제, 언론기관 등의 장 및 종교, 사회단체의 대표 등 95명, 문안위원에 이병도, 유달영 외 7명, 기예전문의원 장우성 외 8명, 독립선언문 글씨에 김충현, 뒷면 연기문(年紀文)은 이은상, 글씨에 이철경 등 거국적인 조직으로 추진되었고, 제막식 또한 범국민적인 행사로 치러지면서 조각가 김종영 교수에게 감사장이 증정되었다.

이 독립선언 기념탑은 복원될 것인가. 민의의 전당, 국회에서의 서울시장 답변은 무엇을 의미하는가. 민족의 독립정신, 우리들의 문화정신, 참으로 안타깝다.

탐구하는 자세에 관하여

"한 시대의 안정된 예술양식이 이루어지기까지는 항상 정신적 배경이 수반되어 왔다는 사실을 우리는 잘 알고 있다.

또한 우리의 조상들이 남겨 놓은 예술을 이해하고 그 전통을 계승함에 있어 그들이 사색하고 탐구한 정신적 노력을 서술한 기록이 작품에 못지않게 중요한 역할을 하고 있다는 것도 잘 알고 있다.

이러한 사실들은 예술이 단순한 기교에 의해서만 발전되는 것이 아님을 말해 주는 것인 만큼 개인적으로나 국가적으로나 예술에 있어 창의적 발전을 갖는다는 것은 참으로 어려운 과제가 아닐 수 없다.

더우기 현대의 예술은 사조의 변천이 급격하고 다양한 이념이 공존하는 시대인 만큼 또는 사회와 국가들은 제각기 스스로의 위치와 명분을 갖기 위해 정신적 기반을 구축하기에 많은 노력을 기울이고 있음을 볼 때, 적어도 인간의 욕구가 무엇이며 인간의 행복이 어디에 있는가를 생각해 보는 폭넓은 활동이 우리에게도 있어야 한다고 본다."

위에 옮긴 글은 선생이 돌아가시고 그의 유고들을 정리하는 과정에서 발견된 것인데 한지에 붓글씨로 되어 있다. 어떤 연유에서 이렇게 특별히 적게 된 것인지는 알 수 없으나 언젠가 누군가에 의해서 읽혀질 것을 염두에 둔 것이 아닐까 싶다.

나는 미술대학 재학시절에 특히 궁금한 것이 있었는데, 도대체 예술가는 무슨 생각을 하고 있고 그것이 그림 속에 어떻게 나타나 있는가 하는 문제였다. 미술사를 보고 예술론을 보고 작가의 말들을 읽어 보고 해도 도무지 풀리지 않는 것이었다. 쟈코메티는 보이는 대로 만든다고 했는데 사람이 어찌해서 그렇게 가느다랗게 보여졌는가 참으로 알 수 없는 것이었다. 모딜리아니는 어찌해서 목이 길고 동자 없는 눈을 그렸으며 루오는 또 어찌해서 그렇게 굵은 선들을 썼는가.

내가 그것을 차츰 알게 되기 시작한 것은 오랜 작업의 경험에서였다. 그러고서야 선배들의 말이 내 귀에 들려오는 것이었다. 그림이란 이야기이다. 우리가 항용 쓰고 있는 이 언어와는 성질이 다른 일종의 다른 언어이다. 사상과 감정 등 사람의 모든 정신활동이 시각적 형태로 표현되는 것이다. 그리하여 그림을 보고 사람들은 일순에 그 말을 알아듣는다.

언제부터인가 선생은 그의 생각을 노트에 기록하고 있었다. 평소에 말씀으로 많이 들은 이야기였지만 글로 보니 더욱 명료하고 작품 속에 숨어 있는 들리지 않는 이야기가 보다 분명해지는 것이었다. 그래서 즉시 그것을 정리해서 『초월과 창조를 향하여』라는 제목으로 출판한 적이 있다.

70년대 초반 선생이 미술대학장 재임시에 졸업앨범에 쓰려고 당시 학생회장에게 써준 글씨가 있었는데 근년에 표구된 것을 보고서 나는 또 한번 쾌소를 금치 못하였다. '지재불후(志在不朽)' 넉자였는데 나는 즉석에서 그것을 장난스럽게 풀이했던 일이 생각난다. 뜻을 두되 썩지 않을 데다가 두자. 썩을 데에다 뜻을 두고 열심히 일하면 열심할수록 빨리 썩는다. 판단이 바르게 되어야 하는데 틀려 있으면 가만히 있는 게 낫지 행동함으로 해서 자기를 썩게 한다. 그러니 어떤 길이 썩지 않는 길인가 하는 것을 잘 생각해야만 할 것이다.

"예술가는 누구나 관중을 염두에 두게 된다. 예술가가 생각하는 관중은 그것이 많고 넓을수록 좋다. 시대를 초월하고 지역을 초월하고, 그러나 진정한 관중은 자기 자신이다. 자기를 기만하면 관중을 속이는 것이 될 것이고 자신에게 정성을 다하면 그만큼 관중에게 성실한 것이 될 것이다. 그러면 관중이 없고 자기만 있으면 된다는 결론이 되고 만다. 결국 작품은 자신을 위해서 제작하는 것이라고 하지 않을 수 없다."

관객은 많을수록 좋다. 나는 이 말을 우리 학생들에게 이렇게 풀이하였다. 조형예술은 국제 공통언어이다. 지역에 따라서 전통이 다르고 풍습이 다르고 하지만 사람들의 생각은 별로 틀리지 않다. 사람의 유전인자는 99퍼센트가 같고 1퍼센트만 다를 뿐이라고 선생은 말한 적이 있다. 우리들은 모든 지역의 지난 역사와 현재를 이해할 필요가 있다. 우리와 조금 다른 그네들의 감정과 솜씨까지도 이해하여야 할 것이다. 그렇게

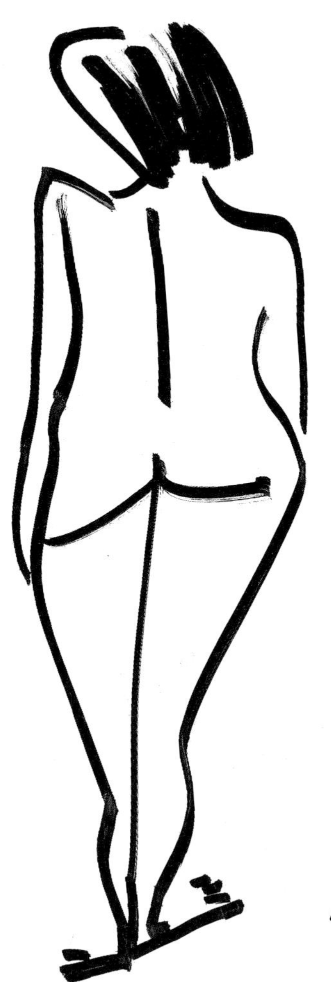
1990. choi

하면 내가 더욱 풍부해질 것이고 또 그네들이 내 형태를 보고 자기네 말로 알아들을 것이다. 지역의 장벽을 헐고 대대손손 모든 사람들이 내 말을 알아듣고 감명한다면 얼마나 좋은 일인가. 편협한 고집은 사람을 왜소하게 만든다. 보편성을 가져야 한다. 99의 보편성에 1의 특수성이다. 많은 이야기를 하려 하면 형태는 단순해진다. 간단한 것과 단순한 것은 다르다. 피디아스도 미켈란젤로도 우리들의 친구이다. 그럴려면 그네들의 심증을 읽어내야 되는데 온 세상의 모든 문제를 다 읽어내면 온 세상이 다 나의 관객이 된다. 그래서 관객은 많을수록 좋은 것이다.

결혼식장에서의 일이었다. 선생은 후년에 제자들의 주례를 가끔 하신 일이 있었는데 주례사 말씀 가운데 "수도꼭지를 틀면 행복의 물이 콸콸 나온다"고 하였다. 무슨 이야기끝에 그런 말이 되었는지는 모르겠는데 그때 내 귀엔 이렇게 들려왔다. "내가 망치를 잡으면 행복의 노래가 콸콸 쏟아진다." 그것은 그 무렵 자신의 예술가로서의 경지를 말한 것으로 생각된다. 행복이 무언지는 알 수 없어도 어쨌든 세상에서 제일 좋은 것이 행복일텐데 몸에서 그 행복이라는 형태가 콸콸 쏟아진다면 얼마나 좋은 일인가. 선생의 심중은 참 좋은 것이다. 많은 것이 풀리고 그래서 그 많은 것들이 모두 친구가 되고 하여 불편할 것이 없을 것이다. 그런 상태는 말년에 이르면서 더욱 배가하였다. 나는 그것을 몸으로 느낄 수가 있었다. 사랑이란 것은 이해일 것이다. 모든것을 이해할 수 있으면 그것들은 모두 나의 분신이 될 것이고 그러면 외롭지 않을 것 같다. 연필만 잡으면 행복이란 형태가 술술 빠져나온다면… 수도꼭지를 틀기만 하면 행복의 물이 콸콸 쏟아진다.

"우리는 예술가와 농부의 말을 굳이 들으려 하지 않는다. 그들이 수확한 열매를 맛보면 그만이다. 그들의 수확은 인간에게 기쁨과 희망을 갖게 한다. 부지런히 일하고 정직한 것은 예술가와 농부의 미덕이다."

서양 어떤 작곡가의 곡에 〈시인과 농부〉라는 것이 있다. 아마도 선생이 그 음악을 듣다가 생각에 빠진 것이 아닐까 싶다. 말씀으로도 나는 여러번 들었는데 농부의 사정이 예술가와 같다면서 즐거워하였다. 농부가 하는 일은 밭을 갈고 씨를 뿌리고 잡초를 뽑고 거름을 주고 그리하여 좋은 열매를 맺게 하는 여러 과정 과정을 돕는 일이다. 탐스런 열매가 주렁주렁 열렸을 때 그것을 바라보는 기쁨과 즐거움은 농부만의 특권이다. 그것이 식량이 되고 바깥에 나가서 돈을 물어오고 하는 것은 이차의 문제이다. 그 뒷이야기를 말씀으로는 하지 않았지만 포인트는 바로 거기에 있었지 않았나 싶다. 흔히 사람들은 그 즐거움과 기쁨은 저쪽으로 제쳐놓고 그 이차적인 문제들에 관심하는 것을 염두했던 것이 아닐까 싶다. 잿밥에 마음을 두고 하는 염불을 공염불이라 하였는데 예술가에게 있어서의 진실성은 참으로 높이 사야 할 일인 것이다. 밀레의 〈만종〉 〈씨뿌리는 농부〉는 여러가지 면에서 의미가 있다. 반 고흐가 정신병원 시절에 밀레의 농부를 많이 그렸는데 그것도 그런저런 많은 생각을 했을 것으로 생각된다. 예술가는 농부와 같다. 수확의 큰 기쁨을 누리고자 하려면 부지런하고 정직하게 일해야 하며 그날그날의 과정을 진실되게 수행하여야 할 것이다.

언젠가 선생이 노트 한구석에 '인생이란 답답한 것'이라고 한 줄 써놓은 것을 본 일이 있다. 또 예술가의 성숙 과정을 임산부에 비유한 적이 있다. 애기가 잉태하면 열 달을 뱃속에서 기다려야 되는데 어머니는 그 불편함을 참아내야 할 것이고, 산고의 아픔을 겪어야 하는데 모든 어머니들이 다들 해내고 있지 않은가. 실력이란 그 답답함을 잘 참고 견디고 이겨내는 것이다. 사람들은 쉽게 힘을 덜 들이고 좋은 작품을 하려고 애를 쓴다. 그 쉬운 길을 찾으려고 애쓰는 에너지를 진실된 쪽으로 돌려 쓰면 좋으련만…

칠년 전, 벌써 세월이 그렇게 흘렀다. 장례를 모시고 허전해서였던지 나는 그날 저녁 박갑성 선생 댁을 찾았다. 생전의 여러가지 이야기를 하다가 문득 농담 한마디를 걸었다. 빨리 오는 길이 있었는데 김종영 선생이 나한테 가르쳐 주지 않았다고. 박선생은 웃으시면서 "이 사람아 빨리 가는 길이 어디 있어. 돌 데를 다 돌아야지!" 그래서 우리는 한바탕 웃고 씁쓸한 기분을 풀었다.

"유희란 것이 아무 목적 없이 순수한 즐거움과 무엇에고 구애받지 않는 자유에서 이루어지는 것이라면 다분히 예술의 바탕과 상통된다고 보겠다. 동서고금을 통하여 위대한 업적을 남긴 사람들은 모두 '헛된 노력'에 일생을 바친 사람들이다. 현실적인 이해를 떠난 일에 몰두할 수 있는 마음의 여유 없이는 예술의 진전을 볼 수 없다. 그리스 조각에 유희성이 없는 것은, 그리스 조각가는 공리가 없는 데는 노력을 낭비하지 않았기 때문이다."

위대한 업적을 남긴 사람들은 모두 헛된 노력에 일생을 바친 사람들이다. 헛일하는 사람이 좋은 사람이다. 쓸데없는 일을 하고 있는 사람이 중요한 사람이다. 사람들은 대개가 쓸데있는 일만 찾아서 열심히 좇아다니는데 훌륭한 사람들은 세상사람들의 눈에는 무용지물처럼 보인다. 그래서 선생은 늘 쓸데없는 일에 열중하고 있는 사람을 존중하자고 하였다. 꼭 필요한 일만 찾아서 하기에도 한정없이 바쁜 세상인데 그것을 다 버리고 어찌 쓸데없는 일에 열중하자는 말인가. 그러나 이 또한 사실인 걸 어쩌랴. 노자는 『도덕경』에서 이렇게 말하고 있다. "세상사람들은 양고기를 뜯고 저렇게들 잘 놀고 있는데 여기 멀리에서 나만 홀로 외롭다."

선생은 그리스 조각의 철저한 짜임새에 대해서 깊은 존경심을 가지고 있었으면서도 그 공리성에 대해서 준열한 비판을 가하고 있다. 한번은 인도의 조각에 대해서 슬쩍 물어본 적이 있었다. '에로티즘…' 하고 말을 더 잇지 않았는데 지난번 인도를 가서 보고 그것을 확인하였다. 특히 힌두사원의 조각들은 조각으로서는 일리가 있지만 교과서로 쓰기는 곤란하다고 생각하였다. 선생은 매사 철두철미하게 판단하고 있었고 또 예술가는 그래야만 한다고 강조하였다. 예술가의 심미안은 형리(刑吏)의 잔혹한 손길처럼 무자비해야 한다고 추사 선생의 말을 자주 인용하였는데, 기교로 일이 되는 것이 아니고 정확한 판단력이 있어야 한다는 것이다. 어찌 생각하면 농담 같기만 한 그 '쓸데없는 일을 하는 사람' 이야기는 지금도 내 귀에 쟁쟁하다.

"이 지구상에는 장구한 역사와 산더미 같은 유물을 갖고 있는 나라도 많지만 그것으로 전통문화를 가졌다는 말을 별로 듣지 못하였다. 오히려 보잘것없는 역사와 약소한 국가에서 몇 사람의 천재에 의해 영원히 잊을 수 없는 빛나는 문화의 전통을 세운 예를 볼 때, 전통이란 단순한 전승이나 반복에 있는 것이 아니며 어디까지나 끊임없는 탄생이고 새로운 인격의 형성을 뜻하는 것이어야 하지 않겠는가."

이 말은 아마도 우리와 같은 후진적 입장에 있는 나라에서 특히 젊은 학도들을 전제하고 있는 것이 아닐까 싶다. 과거의 훌륭한 문화유산이 있는 나라에서 반드시 훌륭한 예술이 탄생하는 것만은 아니다. 로마로부터 시작해서 르네상스로 바로크로, 조각의 역사가 이탈리아를 중심권으로 하고 있었는데, 로댕이라는 한 사람의 대천재에 의해서 판도가 프랑스로 옮겨가서 20세기가 전개되었고, 조선이라는 변두리 지역에서

추사와 같은 큰 예술가가 나오지 않았는가. 문화유산이라는 것은 쓰는 사람이 임자이지 그 지역의 후손이라 해서 어떤 특전이 있는 것이 아닐 것이다. 현금의 세계는 지구 구석구석의 모든것이 다 공개되어 있고, 눈밝은 사람, 출중한 비판력을 가진 사람이 그것을 종합 분석하고 현실을 재창조해 나가는 것이다. 우리 속담에 조상탓이란 말이 있는데 그것은 하루속히 불식하여야 할 말이다. 그래서 어느 나라 것, 어느 지역의 것이 아니고 인류의 정신적인 업적은 인류의 것인고로 모두 우리들의 것이다. 사람들은 다 같다. 특별난 일을 한 사람은 특별난 생각을 가지고 또 그것을 실천한 사람이지 어디에 소속돼 가지고 운명지어질 수는 없는 것이다.

나는 학생들한테 가끔 이런 이야기를 하고 있다. "용기를 가지라. 눈을 세계 전체로 돌리고 그것을 다 쓰면 그 사람이 임자이다."

예술가들이 사색하고 탐구한 노력을 서술한 기록은 작품 못지않게 중요하다. 이 말은 서두에 인용한 선생의 글 중의 한 대목이지만 예술가들의 말이나 기록은 작품을 보는 것과 또 다른 별개의 차원에서 흥미가 있다. 형태는 침묵의 언어를 쓰기 때문에 알아듣는 쪽에서는 한계가 있다. 말의 차원도 한계가 있지만 침묵의 차원도 그런 한계가 있다는 말이다. 그래서 양쪽이 서로 보완작용을 할 때 예술가가 펼치는 세계가 보다 명료해질 수 있는 것이다. 반 고흐를 이해하려면 우선 그의 수많은 편지들을 읽어볼 필요가 있다. 오늘날과 같이 복잡다양한 정신적 상황 속에서는 더더욱 그렇다.

나는 여기에 김종영 선생의 말 중에서 예술가의 자세에 대한 부분 몇 가지를 골라서 쉬운 말로 풀이하려 하였다. 선생의 심오한 예술론이 있지만 내가 그 전체를 다루기에는 아직 힘겹다고 생각하였기 때문이다. 오늘날 한국조각계는 유례없이 활발하고 그 열기에 있어서는 세계에 손꼽힐 만큼 왕성하다. 그렇지만 그 사고력, 그 판단력 그리고 예술에 대한 깊은 사색의 결핍을 선생께서 늘 염려하고 또 강조하여 말한 점을 나는 늘상 되새기고 있다.

명분을 위해서 이해를 떠나고 대아를 위해서 소아를 버린다. 그러면서 항상 초월에 관하여 말씀을 많이 하였다. 초월이란 것이 해탈, 달관, 견성, 통찰 등 큰 것만을 말하는 것이 아니고 일상생활 속에 사소한 순간들마다에서 경험하는 것이라 하였다.

선생이 일생 동안 사색한 결과를 여섯 마디로 요약해 '인생 · 예술 · 사랑'이라 제(題)하여 남겨놓은 말이 있다.

'무한한 가치' 이것은 인간의 자각이다.

인생은 한정된 시간에 무한의 가치를 생활화하는 것.

인생에 있어서 모든 가치는 사랑이 그 바탕이다.

예술은 사랑의 가공.

예술은 한정된 공간에 무한의 질서를 설정하는 것.

예술의 목표는 통찰이다.

나는 언젠가 이 여섯 마디를 풀어서 '김종영논서(金鍾瑛論序)'를 만들고 싶다는 생각을 오래 전부터 하고 있다. 참으로 근본적이고 폭넓은 이야기임에 틀림없는 것 같다. 그래서 나는 서곡 삼아서 몇 가지 풀이해 본 것임을 거듭 말해 두는 바이다.

예술가와 농부, 유희정신, 헛된 노력에 일생을 바치는 것, 지재불후(志在不朽), 관객은 많을수록 좋고 수도꼭지를 틀면 행복의 물이 콸콸 쏟아진다.

아름다움만이 세상을 구원할 수 있다고 믿는다. 그것을 추구하는 것이 예술가의 사명일 것이다. 그것은 아마도 신의 뜻이 아닐지.

수록문 목록

*주로 1983년부터 1990년까지 일간지, 잡지 등에 발표했던 글을 다듬어 한 권의 책으로 엮었다.
(앞의 숫자는 페이지임)

최종태
1932년 대전 출생으로, 서울대학교 미술대학 조소과를 졸업했고, 국전 문교부장관상 · 추천작가상, 서울시 문화상 등을 받았다. 현재 서울대학교 미술대학 교수로 있으며, 국내외에서 십여 회의 개인전을 열었다. 저서로는 수상집 『예술가와 역사의식』 『나는 세상에서 가장 아름다운 것을 만들고 싶다』가 있고 화집 두 권이 있다.

형태를 찾아서
崔鍾泰

초판 발행 —— 1990년 9월 1일
3 쇄 발행 —— 1997년 8월 1일
발행인 —— 李起雄
발행처 —— 悅話堂©
서울 강남구 신사동 506 강남출판문화센터
전화 515-3141~3, 팩시밀리 515-3144
등록번호 —— 제10-74호
등록일자 —— 1971년 7월 2일
편집 —— 김수옥 · 전미옥 · 공미경
북디자인 —— 차명숙 · 기영내
인쇄처 —— (주)로얄프로세스
값 —— 12,000원

ISBN 89-301-1033-9